हिन्द पॉकेट बुक्स

संत एकनाथ

डॉ. प्रभाकर माचवे हिन्दी के प्रतिष्ठित साहित्यकार थे। उनका जन्म ग्वालियर में हुआ एवं शिक्षा इंदौर में हुई। ये मुख्यत: कविताएं लिखते थे। इनके कविता संग्रह हैं: *स्वप्न भंग*, *अनुक्षण*, *तेल की पकौड़ियां* तथा *विश्वकर्मा* आदि। इन्होंने उपन्यास, निबंध, समालोचना, अनुवाद आदि मराठी, हिन्दी, अंग्रेजी में 100 से अधिक पुस्तकें लिखी हैं। इन्हें 'सोवियत लैंड नेहरू पुरस्कार' तथा उत्तर प्रदेश हिन्दी संस्थान का सम्मान प्राप्त हुआ है। इन्हें सन् 1989 में सुब्रह्मण्यम भारती पुरस्कार भी प्रदान किया गया।

भक्त कवि

संत एकनाथ

डॉ० प्रभाकर माचवे

हिन्द पॉकेट बुक्स
पेंगुइन रैंडम हाउस इम्प्रिंट

हिन्द पॉकेट बुक्स

यूएसए। कनाडा। यूके। आयरलैंड। ऑस्ट्रेलिया। सिंगापुर
न्यू ज़ीलैंड। भारत। दक्षिण अफ़्रीका। चीन

हिन्द पॉकेट बुक्स, पेंगुइन रैंडम हाउस ग्रुप ऑफ़ कम्पनीज़ का हिस्सा है,
जिसका पता global.penguinrandomhouse.com पर मिलेगा

पेंगुइन रैंडम हाउस इंडिया प्रा. लि.,
चौथी मंजिल, कैपिटल टावर -1, एम जी रोड,
गुड़गांव 122 002, हरियाणा, भारत

पेंगुइन
रैंडम हाउस
इंडिया

प्रथम हिन्दी संस्करण हिन्द पॉकेट बुक्स द्वारा 1991 में प्रकाशित
यह हिन्दी संस्करण हिन्द पॉकेट बुक्स में पेंगुइन रैंडम हाउस द्वारा 2022 में प्रकाशित

10 9 8 7 6 5 4 3 2

इस पुस्तक में व्यक्त विचार लेखक के अपने हैं, जिनका यथासंभव तथ्यात्मक सत्यापन किया गया है, और इस संबंध में प्रकाशक एवं सहयोगी प्रकाशक किसी भी रूप में उत्तरदायी नहीं हैं।

ISBN 9789353492878

मुद्रकः रेप्रो इंडिया लिमिटेड

www.penguin.co.in

FSC www.fsc.org MIX Paper from responsible sources FSC® C047271

This is a legitimate digitally printed version of the book and therefore might not have certain extra finishing on the cover.

क्रम

जीवन-कथा

संत एकनाथ

भारत के अन्य संतों की तरह एकनाथ के जीवन के बारे में भी बहुत जानकारी नहीं मिलती है। ईसा की सोलहवीं शताब्दी में वे हुए। तब तक भारतीय साहित्य में जीवनियां लिखने की कोई पद्धति नहीं थी। भक्त लोग संतों के बारे में कही गई जन-श्रुतियों और चमत्कारों के आधार पर बाद में कुछ आख्यान जोड़ लेते थे। हिंदी के 'भक्तमाल' की तरह मराठी में भी श्रीधर की 'भक्तलीलामृत' और 'संतलीलामृत' जैसी पोथियां घर-घर में श्रद्धा से बांची जाती थीं। परन्तु उनमें भी सन्त एकनाथ के जन्म संवत् या जन्मस्थान आदि के उल्लेख नहीं हैं।

कोई ऐतिहासिक साक्ष्य नहीं मिलता जिसके आधार पर एकनाथ का जन्मवर्ष निश्चय किया जा सके। अलग-अलग विद्वान् उनका अलग-अलग जन्म सन् बताते हैं। पिता सूर्यनारायण और माता रुक्मिणी को पैठण में यह पुत्र हुआ। पैठण (प्रतिष्ठान) उस समय महाराष्ट्र की सांस्कृतिक राजधानी थी। हरिभक्ति पारंगत लक्ष्मण रामचंद्र पांगारकर के अनुसार एकनाथ का जन्म सन् 1528 ई० में हुआ। 'महाराष्ट्र सारस्वत' कार वि० ल० भावे के हिसाब से उनका जन्म ई० 1548 में हुआ। उनके ही लिखे एक 'अभंग' के साक्ष्य के अनुसार उनका जन्म मूल नक्षत्र में हुआ था और उनके जन्म के उपरान्त उनके माता-पिता दोनों मर गये थे। एकनाथ के दादा चक्रपाणि ने उनका लालन-पालन किया था।

बचपन से ही एकनाथ बहुत बुद्धिमान् और प्रतिभावान् थे। वैसे ही

पैठण नगरर में विद्या और संस्कृति का वातावरण था। और इस घर में भक्ति की परंपरा थी। एकनाथ के परदादा भानुदास विख्यात संत और कवि थे। एकनाथ बारह बरस की आयु में घर छोड़कर सद्‌गुरु की तलाश में, अपने दादा की अनुमति लिये बिना, भाग निकले और देवगड़ जा पहुंचे।

इससे पहले उस जमाने में ब्राह्मणों के रिवाज के अनुसार छह बरस की उम्र में एकनाथ का 'जनेऊ' हो गया। यानी यज्ञोपवीत संस्कार के साथ विद्याध्ययन का गुरुमंत्र कान में फूंका गया। बारह बरस तक ब्रह्मचर्य पालन का आदेश दिया गया। मौंजी-बंधन के बाद संस्कृत भाषा के मूल नियम रटाये गये, और नित्य-नैमित्तिक धार्मिक सस्कारों की दीक्षा दी गई। छह बरस तक यह क्रम चलता रहा। परंतु एकनाथ का मन उससे नहीं भरा। सो बारहवें बरस में वे घर से भाग निकले।

गुरु

देवगड़ में वे जनार्दन स्वामी नामक गुरु के घर में गये। यहीं से एकनाथ के नाम के साथ 'जनार्दन' नाम जुड़ गया। हर पद-रचना, कविता, भजन, ग्रंथ में वे अपना नाम 'एका जनार्दनी' लिखने लगे। इससे विद्वानों में बाद में काफी मतभेद हुए कि एकनाथ के पद अलग हैं, जनार्दन के अलग क्योंकि 'जनीजनार्दन' नाम से भी कई पद मिलते हैं। परंतु उस काल की गुरु-शिष्य परंपरा को देखते हुए दोनों एक ही थे—एकनाथ और जनार्दन दो नहीं थे।

एकनाथ ने देवगड़ में गुरु मुख से 'ज्ञानेश्वरी' सुनी। इस ग्रंथ और ग्रंथकार के प्रति उनके मन में अपार श्रद्धा उत्पन्न हुई। उसी के कारण उन्होंने बाद में उसकी सब हस्तलिखित पोथियां और प्रतियां एकत्रित कीं और 'ज्ञानेश्वरी' का पहला पाठशुद्ध आधिकारिक संस्करण तैयार किया, जो आज की सुप्रचलित 'ज्ञानेश्वरी' का मूलाधार है।

छह बरस गुरु के पास देवगड़ में रहने से एकनाथ को गुरु-शिष्य परंपरा का अर्थ समझ में आया। ज्ञानेश्वर ने अपने ग्रंथ में गुरु प्रसाद की

जो महिमा गाई थी, वह प्रत्यक्ष जीवन में एकनाथ ने अनुभव की। गुरु-भक्ति परमात्मा तक पहुंचने का कितना महत्त्व का साधन है, एकनाथ जान गये।

एक और बड़ी बात एकनाथ ने जनार्दन स्वामी से सीखी कि गुरु का अर्थ विरक्त, संन्यासी, दुनियादारी छोड़कर जंगल में बसने वाला साधु ही नहीं होता। गुरु गृहस्थ भी हो सकता है। अपनी गृहस्थी और अन्य व्यवसाय संभालकर मनुष्य परमार्थ साधन कर सकता है। वह स्वयं भी गृहस्थी संत बने।

अब एकनाथ के गुरु जनार्दन स्वामी (ईस्वी 1504-1575) के विषय में कुछ और जानकारी यों मिलती है। संतकवि जनार्दन स्वामी ऋग्वेदी देशस्थ महाराष्ट्रीय ब्राह्मण थे। वे चालीसगांव के रहने वाले थे और निजामशाही में उन्हें नौकरी मिली हुई थी। दौलताबाद के किले पर वे अधिकारी थे। मुस्लिम मालिकों के यहां नौकरी करते हुए भी उन्होंने अपनी स्वधर्म निष्ठा कम होने नहीं दी। एकनाथ की जीवनी लिखने वाले केशव ने उनकी दिनचर्या मराठी पद में दी है, जिसके अनुसार जनार्दन का नित्य नियम था उत्तम रीति से स्नान-संध्या करना। उसमें उनकी परम रुचि थी। निज धर्म का आचार-पालन वे बराबर करते। सिद्धराज श्री ज्ञानदेव ने 'ज्ञानेश्वरी' और 'अमृतानुभव' ग्रंथ जो लिखे थे, उनकी टीका वे अपने अनुभव के आधार पर अपूर्व ढंग से सुनाते। जनार्दन को उन ग्रंथों में बहुत आस्था थी। उन ग्रंथों से उनका गहरा भावात्मक लगाव था।

जनार्दन स्वामी के साधुत्व का प्रभाव केवल हिंदुओं पर ही नहीं, मुसलमानों पर भी पड़ा। वे दत्त भक्त थे। प्रति गुरुवार को पूजा होती। किले पर गुरुवार को छुट्टी रहती थी। दौलताबाद में उनके रहने से उस किले को धीरे-धीरे तीर्थ की महिमा मिलने लगी। भक्त लोग जुटने लगे।

अब तक यह धारणा थी कि जनार्दन स्वामी के गुरु साक्षात् श्री दत्तात्रेय अथवा श्री नरसिंह सरस्वती थे। परंतु खोज के बाद पता लगा है कि नरसिंह सरस्वती और जनार्दन के काल में बड़ा अंतर है। जिन अभंगों के या पदों के आधार पर यह कहा जाता था कि नरसिंह सरस्वती जनार्दन स्वामी के

गुरु हैं, वे इस जनार्दन के न होकर किसी और जनार्दन नाम के कवि के हैं, ऐसा सिद्ध हुआ है। अपने 'योग-संग्राम' ग्रंथ में शेख महंमद श्री गोंदेकर नामक मराठी संतकवि ने जनार्दन स्वामी के गुरु चांद बोधले को बताया है। एकनाथ के मुकुंदराज नामक एक शिष्य ने भी इसी मत की पुष्टि की है। पुणे के गंगानाथ मठ में जो गुरु परंपरा दी गई है उसमें जनार्दन स्वामी का गुरु चांद बोधले बताया गया है।

सोलहवीं सदी का मराठी संत कवि चांद बोधले का नाम 'चंद्रभट' भी मिलता है। एकनाथ के जीवनीकार कृष्णदास जगदानंद ने चांद बोधले का पर्याय 'चंद्रशेखर' नाम भी दिया है। चांद बोधले शेख महंमद के पिता का शिष्य था। शेख महंमद का पिता महंमद कादरी सूफियों के उपपंथ का शेख था। इस सूफी संबंध से, पीरो मुरशिद यानी गुरु शिष्य परंपरा से चांद बोधले का सांप्रदायिक नाम सैयद चांद साहब कादरी था।

एकनाथ महाराज को दत्तात्रेय मलंग के वेश में मिले, ऐसी आख्यायिका है। चांद बोधले गृहस्थ था। परंतु उसका आचरण विरक्त जैसा था। एकनाथ ने अपनी 'चतुःश्लोकी भागवत' की टीका में लिखा है कि नासिक त्र्यंबकेश्वर के पास चांदगिरि उसकी बस्ती का ठिकाना था :

गोदावरी उत्तरतीरीं। चौ योजनीं चंद्रगिरी।
तो अति दीर्घ चंद्रगिरी। तकी चंद्रावती नगरी॥

(गोदावरी नदी के उत्तर किनारे पर चार योजन पर चंद्रगिरि है, वह अति दीर्घ चंद्रगिरि है, जिसके तले पर चंद्रावती नगरी है।)

जनार्दन स्वामी अहमदनगर से दौलताबाद रहने गये, तब उनकी चांद बोधले से नित्य भेंट होने लगी। चांद बोधले की दौलताबाद में समाधि है। चांद बोधले की मृत्यु के बाद जनार्दन स्वामी ने वहां दरगाह जैसी समाधि बनवाई।

चांद बोधले जनार्दन स्वामी के गुरु रहे हों, परंतु उन्हें तो अकर्तात्मबोध का रहस्य स्वयं दत्तात्रेय से प्राप्त हुआ। यह पूरी बात एकनाथ ने अपने भागवत पुराण में एकादश स्कंध टीका में (ओवी 431-38) में दी है।

गृहस्थाश्रम न छोड़कर, कर्म मर्यादा का उल्लंघन न करके इसी देह में विदेहता कैसे प्राप्त होती है, और जो कर्म-व्यवसाय भाग्य में है, वह करते हुए कर्तृत्त्व के अहंकार की हवा भी न लगने देने को अकर्त्तात्मबोध कहते हैं।

जनार्दन स्वामी के कुछ स्फुट अभंग उपलब्ध हैं। उनके नाम से एक ओवी बद्ध ग्रंथ 'आत्मानात्म-विवेकसार' भी है। उसमें बहुत-से संस्कृत और मराठी वचनों का आधार लिया गया है। गुरु-शिष्य संवाद की शैली वाले इस ग्रंथ के अंत में जनार्दन स्वामी कहते हैं :

ऐसे पंची कृत महाभूतांचे। पिंड ब्रह्मांड हे रचे।
देहचतुष्टय ऐसे। त्याचे नामकरण॥
म्हणोनि ब्रह्मांड हे कारण। पिंड हे कार्य जाण।
कार्यकारणासी अभिन्नपण। नित्य सिद्ध॥
याचा उपक्रम उपसंहारु। गुरुमुखे जाणिजे विवस।
बोधलिये स्वनिर्धारु। सच्चिदानंद॥
ऐसे हे पंजीकरण। महावाक्य विवरण।
कललिया संन्यासग्रहण। सहजाचे असे॥

(ऐसे पंचीकृत पंचमहाभूतों से पिंड और ब्रह्मांड की रचना हुई है। उसका नाम देह-चतुष्टय है। इसलिए ब्रह्मांड कारण है। यह पिंड उसका कार्य है। कार्य-कारण की अभिन्नता नित्यसिद्ध है। इसका उपक्रम उपसंहार है। गुरुमुख से उसका विवरण मिलता है। बोध पाने से स्व-निर्धार वाला सच्चिदानंद प्राप्त होता है। ऐसा यह 'पंचीकरण' है। महा वाक्य विवरण है। इसे समझ लेने से सहज संन्यास-ग्रहण हो जाता है।)

जनार्दन स्वामी ने देवगड़ किले पर ही देह त्यागी होगी क्योंकि वहीं पर उनकी समाधि है। इसके अलावा नगर जिले में कासार खरवंड़ी में भी उनकी एक समाधि लोग बताते हैं।

चतुः श्लोकी भागवत

इस प्रकार एकनाथ ने अपने गुरु से दर्शन, धर्म, साहित्य और जन-

व्यवहार की दीक्षा पाई। कहा जाता है कि एकनाथ को 'सुलभ' पर्वत पर ईश्वर-साक्षात्कार हुआ। इसके बाद गुरु-शिष्य दोनों तीर्थयात्रा पर निकले। नासिक पहुंचे। यहां पर गुरु ने कहा कि 'चंतुःश्लोकी भागवत' की रचना करो। एकनाथ की 'चतुःश्लोकी भागवत' में कुल 1036 ओवियां हैं। अध्यात्म जैसे गूढ़ विषय पर कविता लिखने का यह उनका पहला ही प्रसंग था। वे संकोच-वृत्ति से (ओवी 984 से 88) कहते हैं :

माझे वाकुडे तिकुडे आब बोल।
त्या माजीं ब्रह्मज्ञान सखोल।
नित्य नवी प्रेमाची ओल।
हे कृपा केवल संतांची॥
श्री भागवत आणि भाखें मराठे।
हे बोलणें नवल वाटे।
पूर्वी नाही ऐकिले कोठें।
अभिनव मोठें धिटावा केला॥
माझे आरुण वाणे बोलणे।
कला कुसरी कौतुक नेणें।
जे बोलविले जनार्दनें।
तेंचि ग्रंथकथनें कथिलेंम्यां॥
मज प्रथमावस्था।
नेणें संस्कृत पदपदार्था।
बापु आर्द्धाची समर्थता।
वचनें ग्रंथा प्रवोध जाला॥

(मेरे टेढे-मेढ़े पुराने बोल हैं। उनमें गहरा ब्रह्मज्ञान है। और नित्य नवीन प्रेम की सजलता है। यह केवल संतों की कृपा है। श्रीमद्भागवत और भाषा मराठी, यह सुनकर अचरज लगता है। पहले तो कभी ऐसा नही सुना। यह बड़ी नई धृष्टता या साहस है। मेरा पुराने ऋषि की तरह से बोलना, इसमें कला-

कौशल, कौतुक कुछ भी नहीं है। जो जनार्दन ने बुलवाया, वही ग्रंथ में मैंने कह दिया है। मुझे पहले तो यह बताने दीजिये कि मेरी यह प्रथम रचना है। मैं संस्कृत के पद और उसके अर्थ वगैरह करना नहीं जानता। यह तो गुरु की आज्ञा की ही शक्ति है कि उनके वचनों से यह ग्रंथ-प्रबोध मिला।)

एकनाथ कहते हैं कि उनकी इस प्रथम रचना में श्रांत जीवों के लिए चार खम्भों का एक मंदिर खड़ा किया गया है। "शब्द से पहले ज्ञान दौड़ा-दौड़ा आता है। पद से आगे-आगे अर्थ भागता है।" उनकी यह उक्ति इससे स्पष्ट है।

ग्रंथ के अंत में एक भाषण जैसा है। उसमें गुरु के प्रति उनकी अगाध भक्ति स्पष्ट है। श्री जनार्दन उस मां के समान ऐसे गुरु हैं जो बच्चे को बार-बार गोद में उठा लेती है। किसी की नजर न लगे इसलिए आगे-पीछे से रक्षा करती है। अविद्या के कांटे न चुभें इसलिए झाड़ू बनकर रास्ता साफ करती है। चिद्प्रकाश की मशाल लेकर ले जाने वाली शक्ति है। नाम से हम दो हैं, परन्तु स्वरूप से अभिन्न हैं, इसलिए 'एका जनार्दन' ग्रंथकार कहे गये हैं। वे लिखते हैं कि मूल संस्कृत ग्रंथ भारी जरी की एक शाल है। उस पर मेरी प्राकृत टीका गरीब की 'टाट की थेगली' समझ लीजिये।

इस 'चतुःश्लोकी' में एकनाथ ने सक्षेप में भागवत धर्म का निरूपण किया है। सृष्टि के आदि, मध्य और अन्त में एक नारायण के सिवाय और दूसरा कोई नहीं है। पहले पश्चात्ताप होता है, फिर विवेक जागृत होता है। उससे वैराग्य आता है और उसी से आत्म-ज्ञान होता है, यह श्रृंखला एकनाथ ने इस ग्रंथ में बहुत अच्छी तरह से व्यक्त की है। इतनी छोटी उम्र में 'ज्ञानेश्वरी' के श्रवण मात्र से इतनी प्रौढ़ रचना करना एक प्रतिभावान् कवि की ही लेखनी का चमत्कार था।

कुछ तीर्थों की यात्रा करके एकनाथ गुरु जनार्दन स्वामी के साथ फिर देवगड लौट आये। इसके बाद उन्होंने 'मनीं गुरुध्याने' यानी मन-मन में ही गुरु का स्मरण करके और तीर्थ स्थानों की यात्रा अकेले ही की। संतों के जीवन में, वे चाहे ज्ञानेश्वर हों, नामदेव हों या नानक हों, मीराबाई हों, सूरदास हों या तुलसीदास, यात्रा और उसमें भी धार्मिक स्थानों की यात्राएं करना, आत्म-साक्षात्कार का एक महत्त्वपूर्ण सोपान होता है। जीवन के

पहले पच्चीस बरस उन्होंने यों गुरुचरणों में विद्याध्ययन और तीर्थयात्राएं करने में बिताये।

1558 ईसवी में उन्होंने विवाह किया और गृहस्थी बसाकर वे पैठण या प्रतिष्ठान में रहने लगे। उत्तर और दक्षिण भारत के कई धार्मिक स्थान देखकर, अनुभव परिपक्व करके, एकनाथ अपनी मातृ भूमि लौट आये। गुरु जनार्दन स्वामी के आग्रह से ही उन्होंने विवाह किया। पत्नी का नाम गिरिजाबाई था। वह सुशील और आदर्श पतिव्रता पत्नी थी। एकनाथ ने अपने घर में 'सदावर्त' खोल रखा था, यानी जो भी अतिथि आता, उसे वे घर के आदमी की तरह रखते। इस सारी सेवा का श्रेय उनकी पत्नी को है। इस सारी गृहस्थी के साथ-साथ एकनाथ का नाम-स्मरण, कथा-कीर्तन, अध्यात्म-विवेचन, ग्रंथ-लेखन भी बराबर चल रहा था।

एकनाथी भागवत

भागवत पुराण के एकादश स्कंध पर आपने सन् 1570 ई० में टीका लिखना शुरू किया और पांच अध्याय लिखकर पूरे कर लिए। परंतु भागवत जैसे संस्कृत ग्रंथ पर प्राकृत यानी मराठी भाषा में टीका लिखने की बात काशी के कई पंडितों को बिल्कुल सहन नहीं हुई। उन्होंने उन्हें काशी बुलाया और उनका तरह-तरह में अपमान किया। परंतु अंत में वे भी उस ग्रंथ का महत्त्व मान गए।

सन् 1573 में यह ग्रंथ पूरा हुआ। तब एकनाथ की आयु चालीस बरस की थी। ग्रंथ समाप्ति पर काशी के उन्हीं संस्कृत पंडितों ने एकनाथ की भागवत का पालकी में जुलूस निकाला और उनको गौरव और सम्मान दिया। भागवत की यह टीका मूल भागवत से भी सरस थी, इसलिए लोग इस ग्रंथ को 'एकनाथी भागवत' कहने लगे। 'एकनाथी भागवत' उनकी सबसे बड़ी और प्रमुख रचना है। इसका लेखन पैठण में शुरू किया गया और काशी में उसकी समाप्ति हुई। कहते हैं कि एकनाथ का कोई शिष्य उस ग्रंथ के पांच अध्यायों को काशी ले गया। उसे देखकर कर्मकांडी ब्राह्मण बहुत क्रोधित हुए। उन्होंने कहा कि धर्मग्रंथ और उसकी बोलचाल की भाषा में टीका? यह

‘अब्रह्मण्यम्, अब्रह्मण्यम्’ यानी ब्राह्मण धर्म के विरुद्ध महापाप है। बुलाओ उस टीका लिखने वाले को। इस पर एकनाथ वहां गये। वहां जब एकनाथ गंगा के घाट पर नहाने जाते तो उन्हें ब्राह्मणों के लिए आरक्षित घाट पर नहाने न दिया जाता। वे दूसरी जगह गंगा स्नान को जाते। रास्ते में एक गंदा फकीर बैठता था। वह नहाकर आये एकनाथ पर थूकता। ऐसे ग्यारह बार उसने थूका और ग्यारह बार वे नहाये। गुस्सा नहीं हुए। शांत चित्त से अपना काम करते रहे। वहीं एकनाथ ने वह प्रसिद्ध पद भी लिखा कि ‘महारासी शिवे, कोपे। ब्राह्मण तो नव्हे’ यानी अछूत उससे छू जाये और उस पर क्रोध करे, वह सच्चा ब्राह्मण नहीं है।

यह भागवत टीका बहुत बड़ी है। उसमें 18864 ओंवियां हैं। यानी इसमें ‘ज्ञानेश्वरी’ से दुगुनी पद रचना है। एकादश स्कंध कृष्ण और उद्धव के संवाद की शैली में है। एकनाथ लिखते हैं कि गुरु जनार्दन स्वामी और दत्तात्रेय की प्रेरणा से उन्होंने यह ग्रंथ लिखा। वे सामान्य श्रोता को अपने सामने रखकर और अनेक रूपकों और दृष्टांतों से कथा और उसका सारभूत दर्शन समझाते हैं। उन्होंने ‘कर्म, अकर्म, विकर्म’ शब्दों के अपने अर्थ दिए हैं। एकनाथ केवल संस्कृत ग्रंथों के अनुवादक मात्र नहीं हैं। उनकी रचना में बड़ी मौलिकता है और उस समय की देश-काल, परिस्थिति का भी प्रतिबिम्ब जगह-जगह पर मिलता है।

इस पुस्तक में बड़ी विनम्रता से वे अपनी बात कहते हैं। परन्तु अध्यात्म जैसे गहन विषय को वे ऐसे ही हर अध्याय में कथानक के साथ-साथ सांग रूपक से समझाते चले जाते हैं। बारहवें अध्याय में सद्गुरु को वसंत ऋतु माना है।

सदगुरु को वे आठवें अध्याय में ‘ज्योतिषी’, दसवें अध्याय में ‘धन्वंतरी’, चौदहवें अध्याय में ‘क्षीरसागर’, सत्रहवें अध्याय में ‘महामेरु’, बीसवें अध्याय में ‘चित्समुद्र’ कहते हैं। ज्ञानेश्वर की उपमाएं मशहूर हैं, और एकनाथ के रूपक। माया को वे कई तरह से समझाते हैं। वह माया कैसी झूठी और मिथ्या है जैसे बांझ स्त्री का बेटा हो और उसकी जन्म-पत्री बनाई जाए, या मृगजाल को देखकर उसके भरोसे पर प्याऊ बनाई जाए, या जुगनू के

प्रकाश से कोई दीपक जलाने का यत्न करे, ऐसी बातें कहकर एकनाथ कहते हैं कि इस मायारूपी संसार से मनशः बाहर हो जाओ और हरिभक्ति का अनुसरण करो। वे कहते हैं कि इसका अर्थ घर-द्वार, पत्नी-पुत्र आदि सब छोड़ना जरूरी नहीं है। इस संसार में रहकर परमार्थ-साधन हो सकता है। सब मानवमात्र से प्रेम करना ही सच्ची भक्ति है। और उसकी पूर्ण प्राप्ति होने पर 'अपरोक्ष स्थिति' को मनुष्य पहुंचता है। तरह-तरह के जनसुलभ दृष्टांत देकर एकनाथ दर्शन-शास्त्र की कठिन बातें जनसाधारण को समझाते जाते हैं।

चमत्कार

एकनाथ के जीवन से सम्बन्धित कई चमत्कार बाद में संतों के और भक्तों के चरित लिखने वालों ने जोड़े हैं। उनका उल्लेख भी कर दिया जाए।

पहला चमत्कार तो यह है कि एकनाथ के घर की ड्योढ़ी पर स्वयं दत्तात्रेय चोबदार बनकर पहरा देते थे। जनार्दन स्वामी और दासोपंत दोनों ने दत्तात्रेय को देखा, ऐसा भक्त मानते हैं।

दूसरा चमत्कार यह है कि एकनाथ के घर में स्वयं श्रीकृष्ण भगवान् 'श्रीखंड्या' नाम का नौकर बनकर पानी भरते, और तरह-तरह की सेवा-चाकरी करते थे।

तीसरा चमत्कार उनके पिता के श्राद्ध के दिन हुआ। जो खाना बना वह एकनाथ ने भूखे अछूतों को खिला दिया, इसलिए रूठकर सनातनी ब्राह्मण गुस्से में आ गए और उन्होंने एकनाथ को जाति से बहिष्कृत कर दिया। इस बात पर एकनाथ ने अपने तपोबल से वहां प्रत्यक्ष पितरों को भोजन के लिए बुला लिया। उन्हें भरपेट भोजन दिया। बाद में पितर (जो भूत रूप से मनुष्य बनकर आ गए थे) अन्तर्धान हो गए। चमत्कार-पूर्ण इन कहानियों पर विश्वास किया जाय या न किया जाय, पर इनसे एकनाथ के मन की उदारता और बड़प्पन की झलक अवश्य ही मिलती है।

एकनाथ काशी से लौटते हुए जोगाई के आंबे गांव में कवि दासोपंत से मिलते हुए पैठण आये। संत कवि दासोपंत (1551-1615) बीदर

परगने में नारायण पेठ में देशपांड वंश में जन्मे एकनाथ के समकालीन और साथियों में माने जाते हैं। एकनाथ, जनी जनार्दन, दासोपंत, बिठा रेणुकानन्दन और रामा जनार्दन ये पांच कवि 'एकनाथ-पंचक' कहलाते हैं। दिगम्बर पंत पिता और पार्वती बाई माता के पुत्र दासोपंत का विवाह सोलहवें बरस में हुआ।

उसी समय बीदर में भीषण अकाल पड़ा। दासोपंत के पिता ने सरकारी गोदाम का सब अनाज अकाल पीड़ितों में बांट दिया। बादशाह बहुत नाराज हुआ और उसने हुक्म दिया, "दो महीने के भीतर दो लाख रुपये जमा करो। तब तक अपने बेटे को हमारे यहां जामिन रखो। अगर पैसे नहीं भरे तो तेरे बेटे को हम मुसलमान बना देंगे।" बेचारे दिगम्बर ने बेटे को बादशाह के यहां बंधुआ मजदूर के नाते रख दिया। दो महीने में रुपये कहां से लायें? तब आख्यायिका यह है कि किसी दत्ताजी पांडेवार नाम के अज्ञात व्यक्ति ने वे दो लाख रुपये बादशाह के खजाने में भर दिए। लोग कहते हैं कि वह दत्ताजी और कोई नहीं साक्षात् भगवान् दत्तात्रेय ही थे।

दासोपंत दो माह बाद जब घर आया, तो एकदम भक्त बन गया। वह माहूर (दत्तक्षेत्र) पहुंचा और बारह बरस तक उसने वहां तपस्या की और उसे भगवान् के दर्शन हुए। उसकी पत्नी दुखी होकर विधवा बनने बाण गंगा के किनारे घाट पर पहुंची तो दासोपंत के दर्शन हो गये। वह वापिस आम्बे जोगाई में आया। छत्तीस बरस तक वह वहीं ग्रंथ रचना करता रहा। सीतोपंत देशपांडे नामक उनके शिष्य ने उनकी सब व्यवस्था की। दासोपंत की ग्रंथ रचना विपुल है। उसने तीस-पैंतीस मराठी ग्रंथ और संस्कृत में दस उपनिषदों पर भाष्य लिखा। अकेले, 'गीतार्णव' की श्लोक-संख्या ही सवा लाख है। 'गीतार्थ चंद्रिका' और 'लघुगीताटीका' ज्ञानेश्वर के बराबर बड़ी-बड़ी किताबें हैं। 'पंचीकरण' ग्रंथ उन्होंने कपड़े पर लिखा। एक लम्बी 'पासोडी' यानी डुपट्टे से डुपट्टा जोड़कर उस पर एक ग्रन्थ लिखा।

ऐसे दासोपंत कवि के यहां एकनाथ गये और पैठण में वापिस आ गये। एकनाथ ने ग्रन्थरचना के अलावा जो एक बहुत बड़ा काम किया वह है

'ज्ञानेश्वरी' ग्रन्थ का एक तरह से जीर्णोद्धार।

'ज्ञानेश्वरी' का सम्पादन

संत ज्ञानेश्वर को समाधि लिए तीन सौ बरस बीत चुके थे। इतना बड़ा ग्रंथ उन्होंने सिर्फ 22 बरस की उम्र में लिखा। सन् 1296 में उन्हें सनातनी ईर्ष्यालु ब्राह्मणों ने जीवित समाधि लेने के लिए बाध्य किया। आलंदी या अलंकापुरी में वे एक अज्ञात स्थान पर पत्थर के नीचे जिंदा गाड़ दिये गये थे। इस बीच तीन सदियां बीत गईं। उनकी समाधि पर झाड़-झंखाड़ उग आये थे। सब जगह जंगल छाया था। किसीको पता भी नहीं था कि ज्ञानेश्वर की समाधि वास्तव में है कहां?

एक दिन रात को स्वप्न में एकनाथ को ज्ञानेश्वर दिखाई दिये। वे बोल नहीं पा रहे थे। एकनाथ ने पूछा, "ज्ञानदेव गुरुदेव, आपकी यह ऐसी अवस्था क्यों है? आपका स्वर क्यों इस तरह से घर्रा रहा है?"

वे इशारे से बोले, "देखो, वह अजान वृक्ष नीचे तक जड़े फैला रहा है। और उसकी एक जड़ मेरे गले से आकर अटक गई है। मेरा इससे निस्तार करो।"

एकनाथ अपने साथ कई साथियों को लेकर आलंदी पहुंचे। ज्ञानेश्वर की समाधि जंगल में उपेक्षित पड़ी थी। एकनाथ ने वह स्थान खोज निकाला। उसका दरवाजा खोलकर भीतर गये तो सचमुच अजान वृक्ष की एक शाखा ज्ञानेश्वर की देह में गले से जाकर भिड़ गई थी। वह एकनाथ ने हटाई। यह आख्यायिका एकनाथ के भक्त भागवत मंडली में बहुत प्रचलित है। तब ज्ञानदेव ने एकनाथ को आदेश दिया कि 'ज्ञानेश्वर' के नाम पर लोग कई तरह की पोथियां बांच रहे हैं। तुम उसकी शुद्ध प्रति तैयार करो।

एकनाथ ने महाराष्ट्र में घूम-घूमकर 'ज्ञानेश्वर' की कई हस्तलिखित पोथियां जमा कीं। उन सबको एक साथ रखकर, उनकी तुलना करके, शुद्ध पाठ वाला संस्करण तैयार किया। सन् 1584 में उन्होंने यह कार्य पूरा किया। आज महाराष्ट्र में 'ज्ञानेश्वरी' का जो संस्करण सर्वप्रचलित है वह एकनाथ का ही संपादित किया हुआ है। आज से चार सौ बरस पहले सन्त

एकनाथ ने यह बड़ा काम पूर्ण किया था।

साहित्य के इतिहासकार और आलोचकों का मत है कि एकनाथ की काव्य-शैली पर ज्ञानेश्वर का बड़ा प्रभाव पड़ा है। 'ज्ञानेश्वरी' में अध्याय 6, ओंवी दस की पूरी छाया एकनाथ के 'देवकीनें काहिला' पद पर है।

एकनाथ की 'ग्वालिन' पद-प्रकरण में 'माझा कृष्ण देलिला काय' पद के अंत में 'ऐशी काकुलती माया। घरोघर पुसो जाय। आनंदतथ्य कवि-राय त्याचे पाय वंदितो।' यह पूरी पंक्ति ज्ञानेश्वर की गाथा से ली गई है।

पारिवारिक जीवन

अब यहां एकनाथ के पारिवारिक या कौटुम्बिक जीवन के बारे में कुछ जान लेना उचित होगा।

एकनाथ की पत्नी का नाम गिरिजाबाई था। इनकी चार संतानों में से दो पुत्रियां तथा दो पुत्र थे। सबसे बड़ी पुत्री गोदा का विवाह पैठणकर मुद्गल के यहां हुआ था जिनके पुत्र मुक्तेश्वर मराठी के प्रसिद्ध कवि थे और उन्होंने 'महाभारत' का लेखन किया था।

दूसरी पुत्री उमा का विवाह तंजावूर के नामनाथ के साथ हुआ था। उसका पुत्र माधवस्वामी महाकवि हुआ जिसने अनेक ग्रंथ लिखे। माधवस्वामी रामदासी संप्रदाय के थे। परंतु कावेरी तट पर तिरुवलंदूर में बैठकर उसने मराठी भाषा की काव्य-साधना की। इस माधवस्वामी के दो पुत्र हुए : राम पंडित और कृष्ण पंडित और उनके नाती वासुदेव पंडित थे। सबने काव्य-रचना की। 'सरस्वती महाल' तंजावूर में उनकी रचनाएं सुरक्षित हैं।

वासुदेव का एक पुत्र हरि पंडित था जो विद्वान् और संस्कृत भाषा-भिमानी था। उसने आरंभ में अपने पिता की मराठी काव्य-रचना का विरोध किया। बाद में उन्हें पिता का महत्त्व समझ में आया तो उसका विरोध कम हो गया। एकनाथ की चौथी संतान यानी दूसरे पुत्र का पता नहीं चलता।

एकनाथ इस तरह से गृहस्थ संतकवि थे। नामदेव की तरह उन्होंने कुटुम्ब-पालन भी किया। भक्ति पर रचना भी की। एकनाथ के वंश की

बेल काफी फली-फूली। नामदेव की वंशवेलि उसकी तुलना में अल्प-जीवी थी।

इस प्रकार अनेक ग्रंथों की रचना करके एकनाथ लंबी आयु तक जीवित रहे। सन् 1599 में फाल्गुन कृष्ण षष्ठी को पैठण में एकनाथ का 66 वर्ष की आयु में देहावसान हुआ। भक्तों में यह आख्यायिका प्रचलित है कि नदी किनारे बालू में कीर्तन करते-करते उन्होंने स्वेच्छा से जल-समाधि ले ली। परंतु इस संत को जब वे 'भावार्थ रामायण' लिख ही रहे थे, अधूरा छोड़कर उन्हें संसार से विदा लेनी पड़ी। आश्चर्यजनक संयोग की बात यह है कि उनके गुरु जनार्दन स्वामी का जन्म, एकनाथ को प्राप्त हुआ आत्मसाक्षात्कार, एकनाथ पर हुआ ईश्वर का अनुग्रह और अंत में उनका देहत्याग ये चारों घटनाएं फाल्गुन कृष्ण षष्ठी को ही होती गई।

अब आइये, उनके ग्रंथों का,उनकी काव्य-रचना का परिचय प्राप्त करें।

ग्रंथ-रचना

एकनाथ की ग्रंथ-रचना विपुल है। उसमें विविधता भी है। उनके प्रमुख चार ग्रंथ हैं :

1. चतुः श्लोकी भागवत (इस पर गत अध्याय में लिखा जा चुका है)। 2. एकादश स्कंध की विस्तृत टीका (इसे 'एकनाथी भागवत' कहते हैं)। 3. भावार्थ रामायण, 4. रुक्मिणी-स्वयंवर। इसके अतिरिक्त उनकी और जो रचनाएं मिलती हैं वे हैं 5. हस्तामलक, 6. स्वात्मसुख, 7. शुकाष्टक, 8. आनंद लहरी, 9. चिरंजीव पद आदि आध्यात्मिक प्रकरण, 10. पौराणिक आख्यान, 11. संत चरित्र और 12. असंख्य स्फुट अभंग, पद, 'भारुड' आदि।

उनकी कुल काव्य-रचना की 'ओंवी' (चार पद का मराठी अक्षर छंद) संख्या 60,000 है। इस छंद के अतिरिक्त उन्होंने कुल पौन लाख कविताएं लिखी थीं। इतनी विशद रचना, एक-सी प्रसन्न-प्रसादमयी शैली में करने वाला दूसरा मराठी संतकवि नहीं है। जीवन के अंतिम क्षण तक वे काव्य-रचना करते ही जा रहे थे। 'भावार्थ रामायण' पूरी नहीं कर सके। उसके

लिखने से पहले ही उन्हें मृत्यु ने घेर लिया।

हस्तामलक, शुकाष्टक, स्वात्मसुख, आनंदलहरी, गीतास्तव, चिरंजीवपद, गीता महिमा आदि आध्यात्मिक स्फुट प्रकरणों की कुल ओंवी संख्या चार हजार है।

हस्तामलक : शंकराचार्य के चौदह श्लोकों पर 674 ओंवियों में टीका है। वे लिखते हैं कि 'हस्तामलक' नामक बच्चा न 'कोहं भाव' से रोता है, न 'सोहं भाव' से हंसता है। दोनों ही न करते हुए वह अखंड मौन धारण किये रहता है। मां का स्तन पान भी नहीं करता था। 'स्वानंद से नित्य तृप्त' था।

शुकाष्टक : 447 ओंवियों की प्राकृत टीका है। संदेह वृत्ति समाप्त होकर निस्संदेह वृत्ति प्राप्त होने वाले शुक मुनि की तृप्ति की इसमें प्रशंसा की गई है।

स्वात्मसुख : 510 ओंवियों का प्रकरण है। इसमें गुरु-स्तवन, अद्वै त शक्ति और भावार्थ का परमार्थ प्रमुख विषय हैं। इसमें एकनाथ की दृष्टांतशैली की विशेषताएं दिखाई देती हैं। अंत में एकनाथ कहते हैं कि यह जीव की आंतरिक मधुरता है, जो वर्णन से परे है और वह प्रामाणिक एवं शुद्ध है। वही कवित्व को बढ़ाने में सहायक होती है। वही वाचा का नियंत्रण करती है। वहां जनार्दन का कृपारूपी मेघ वर्षा करता है। स्वानंद जीवन उसमें से झरता है। उसी से यह अकेला कविता का वन फलों से पूरित होता है।

आनंदलहरी : यह प्रकरण आकार से छोटा, परंतु गुणों से बहुत बड़ा है। जहां पर भ्रांति मिट जाती है, कल्पना विरल हो जाती है, वृत्ति डूब जाती है। ऐसी आत्मस्थिति की आनंदलहरी एकनाथ की इस कृति में तरंगायित होती है। गुरु के भक्त को कोई भवबंध नहीं है, इस तत्त्व का स्पष्टीकरण करते हुए एकनाथ ने अनेक दृष्टांतों की योजना की है।

चिरंजीव पद : इसमें केवल 42 ओंवियां हैं, परंतु साधक के हृदय पटल पर वे उत्कीर्ण की हुई हों, ऐसी प्रभावशालिनी यह रचना है। मरण स्मरण सदा रखकर देह-सुख के प्रति उदासीन रहकर, अनुपातयुक्त वैराग्य तन-मन में अपनाकर जो जीवन की राह पर चलता है, वही चिरंजीव पद पाता है, यही दर्शन इस ग्रंथ में एकनाथ ने प्रतिपादित किया है।

पौराणिक आख्यान और संत चरित्र

एकनाथ ने समस्त समाज के लिए अपनी काव्य-रचना की। इसलिए उसमें मनोरंजन और भक्ति-बोध दोनों एकसाथ मिले हुए हैं। ऐसी कुल बीस-पच्चीस कथाएं उन्होंने कुछ ओंवी छंद में और कुछ अभंग छंद में लिखी हैं। उनमें तीन कथानक 'तुलसी माहात्म्य', 'रुक्मांगद कथा' और 'सीता-मंदोदरी की एकात्मता' बहुत रोचक हैं।

विविध व्रत वैकल्पों पर भी उन्होंने पद्य रचे हैं। 'हलदुली' (हल्दी) प्रसंग रुक्मिणी स्वयंवर में आता है। 'कृष्णदान' बहुत मनोरंजक आख्यान है। सत्यभामा कृष्ण पर वासना से आसक्त थी, रुक्मिणी का प्रेम उनके प्रति शुद्ध था। एकनाथ उसमें निहित विनोद स्पष्ट करते हैं। सत्यभामा कृष्णदान करने को तैयार हो गई, परंतु उसे लेगा कौन? जिसने परात्पर वधू को उड़ाकर अपने घर में डाल लिया। अहं रूपी ससुर को मार डाला, ऐसे कृष्ण को कौन ग्रहण करेगा? अंत में नारद मुनि स्वयं वहां आये। कृष्णदान ग्रहण किया और उसे अपना शिष्य भी बना डाला। 'स्त्री की मुरौवत की खातिर कृष्ण नारद के हाथों लग गया।' ऐसा सारे द्वारकावासी कहने लगे। सत्यभामा की सौतों को और भी बुरा-भला कहने का मौका मिल गया। सत्यभामा इस विचार से दुखी हो गई कि 'अब इस कारण से कृष्ण-सुख से मैं वंचित हो जाऊंगी।' इसके आगे की कथा सर्वविश्रुत है। रुक्मिणी के एक भाव-पुष्प से कृष्ण का पलड़ा कैसे ऊपर गया, यह कहकर एकनाथ कहते हैं, 'भगवान् भी भाव पर बिक जाते हैं।'

भागवत के 'कदर्यु-आख्यान' में एक कंजूस की कहानी एकनाथ पद्य में कहते हैं और इसमें काफी परिहास आ जाता है।

अभंगों में एकनाथ ध्रुव, प्रह्लाद, उपमन्यु और सुदामा नामक चार भक्तों की कथाएं कहते हैं। सरल भाषा में भगवान् कैसे सदा भक्तों की सहायता करने के लिए दौड़कर आ जाते हैं यह सब बहुत सरस ढंग से एकनाथ कहते हैं। अध्यात्म नीति का बोध भी वे साथ-साथ करते जाते हैं।

ज्ञानदेव, निवृत्तिनाथ, मुक्ताबाई, नामदेव आदि के जीवन चरित्र भी

उन्होंने संक्षेप में कहे हैं। इसके लिए उन्होंने दो सौ अभंगों की रचना की है। वे हर संत को एक-एक पदवी देते जाते हैं, जैसे वह ज्ञानदेव को 'संतों के नैहा, कैवल्य की प्रतिमा, सब सुखों की लहर' कहते हैं। ये कहानियां उन्होंने नित्य कीर्तन के लिए पद्य में रची होंगी ऐसा अनुमान होता है। उसमें काव्य भी है और कल्पनाशीलता भी है। इनमें इस बात का ध्यान रखा गया है कि सामान्य श्रोता भी उनकी बात आसानी से समझें।

रुक्मिणी-स्वयंवर

ईस्वी 1671 में रची यह कृति मराठी कविता के इतिहास में अपूर्व है। इस आख्यान पर मराठी में पहले भी कई कवियों ने रचना की थी, परंतु एकनाथ की बराबरी कोई नहीं कर सका। भागवत के दशम स्कंध में मूल 144 श्लोकों पर एकनाथ ने 1712 ओंवियां लिखी हैं। कथा के अट्ठारह प्रसंग हैं। पहले सात प्रसंगों में रुक्मिणी-हरण, अगले छह में। युद्ध-वर्णन और अंतिम पांच प्रसंगों में विवाह समारोह की स्थूल रूप से योजना है। कवि की वर्णन शैली इस काव्य में बहुत ही फूली-फली है। वर्णन चाहे श्रीकृष्ण का हो या रुक्मिणी का; द्वारका का हो या विवाह की सामग्री हो; युद्ध के प्रसंग का हो एकनाथ की लेखनी से वह अत्यंत सजीव रूप से व्यक्त हुआ है। प्रथम अध्याय में श्रीकृष्ण वर्णन में तो अध्यात्म और काव्य जैसे सम्मिश्रित हो गए हैं।

श्रीकृष्ण के रूप का वर्णन सुनकर रुक्मिणी के अंग-अंग रोमांचित हो उठते हैं। स्वयं एकनाथ ने लिखा है कि यह काव्य श्रीकृष्ण और रुक्मिणी की विवाह कथा न होकर 'जीव और शिव' का 'लग्न' है।

इस आख्यान की विशेषता यह है कि सारी कथा एक सांगोपांग आध्यात्मिक रूपक बन जाती है। हर छंद में अध्यात्म का एक तंतु मिलता है। वर्णन शैली, रूपक चातुर्य, अनुभव वैचित्र्य आदि काव्य गुण इसमें बिखरे हुए हैं।

रुक्मिणी सुदेव ब्राह्मण के हाथों कृष्ण को मार्मिक प्रेमपत्र भेजती हैं। रुक्मिणी की प्रणय-पत्रिका पढ़कर कृष्ण भी आकर्षित हुए। पर जब संदेश ले जाने वाले सुदेव ब्राह्मण नहीं लौटा तो रुक्मिणी कहती है, "जो कृष्ण से

मिलने गये वे वापिस कभी नहीं आये। मैं तो यों ही पागल होकर द्विज की राह देखती हूं।"

कृष्णमय बनी रुक्मिणी का वर्णन एकनाथ ने बहुत ही कमाल का किया है। "पानी पीने जाती है तो हर घूंट के साथ कृष्ण याद आता है। वह भूख-प्यास भूल गई। हरि का ध्यान लग गया। धरती पर पैर रखती है तो हर कदम पर रुक्मिणी को कृष्ण की याद सताती है। आंखों में आंसू भर-भर जाते हैं। कृष्ण की प्राप्ति के लिए वह पगला उठती है। गोविंद ने मानस हर लिया। विषय भोगों से वह उदासीन हो गई। वह द्वारका की बाट जोहती है। मन में कृष्ण की ही आशा है..."

इतने में उसकी बाईं आंख फड़कती है और कृष्ण भी नगर में आ जाते हैं। सब लोग कृष्ण-दर्शन के लिए मंडप में घुस आये। अब कृष्ण के चरणों में मन लगाये रुक्मिणी की वाचा मौन हो जाती है। सहज समाधि लग जाती है। अनाहत नाद से आकाश गूंजने लगा।

बाद में कृष्ण रुक्मिणी का हरण करते हैं फिर साले और बहनोई में खूब ठनती है। अगले पांच अध्यायों में युद्ध का प्रसंग वर्णित है। रुक्मिणी का भाई रुक्म कृष्ण पर आघात करने दौड़ता है। कृष्ण उसके लिंग देह का नाश करके उसे पांच रास्तों पर छोड़ देते हैं। फिर विधिवत् कन्यादान होता है और कृष्ण-रुक्मिणी विवाह का वर्णन है। इस विवाह के वर्णन में किसी सच्चे पारिवारिक की तरह सब मराठी विधियों का वर्णन दिया गया है।

इस प्रकार, परिहास और अध्यात्म दोनों एकसाथ एकनाथ अपने पदों में संभालते जाते हैं। इस छोटे-से काव्य में एकनाथ ने बड़ी ही कुशलता से दोनों अर्थ यानी स्वार्थ और परमार्थ अपनी पद रचना में साध्य किये हैं। इस कविता की रचना 'वाराणसी महापुरी' में 1671 ई० में पूरी की गई 'राम जंयती को' ऐसा काव्य के अन्त में उल्लेख है।

एकनाथ के पद

बालक्रीड़ा के अभंग, ग्वालिनें, रूपक इत्यादि अनेक विषयों पर एकनाथ ने विपुल पद लिखे हैं। कृष्णभक्ति और कीर्तन रंग दोनों इनमें मिलते हैं।

इनकी रचना की एक और विशेषता यह है कि निर्गुण बोध और सगुण बोध दोनों का एकसाथ अनुभव करने वाले संत एकनाथ ही हैं। मुक्ति और प्रेमभक्ति का यह संगम बाललीला के तीन सौ अभंगों में दिखाई देता है। सूरदास के बाल-कृष्ण-सम्बन्धी पदों की तरह एकनाथ के ये पद बहुत ही रसमय हैं और जन-जन में लोकप्रिय हुए हैं।

स्थान-स्थान पर एकनाथ कथा-प्रसंग में अध्यात्म का पुट देते जाते हैं। जैसे ग्वालिनें या गोपियां आकर कृष्ण की माता यशोदा से शिकायत करती हैं कि 'अपने कृष्ण को संभाल' और कहती हैं कि उसने मेरे साथ क्या-क्या किया :

"यशोदा, इस कृष्ण ने मेरी भ्रांति का किवाड़ खोल दिया। माया का ताला तोड़ दिया। अविद्या का छींका नोच डाला। दम्भ की मटकी फोड़ दी। त्रिगुण तिपाई का तो पता ही नहीं लगा। और मेरी छाछ का सारे संसार में सिंचन कर दिया। ऐसा यह तेरा शरारती लड़का है। पर उसकी संगत करने की बुद्धि मुझे हुई। और मैं अपनापा भूल गई। कृष्णस्वरूप में मिल गई। एकाजनार्दन कहते हैं, यह अद्भुत लाड़ हैं, जो लूटे उसीसे प्यार हो गया।" (गाथा, 101)

उन्होंने ग्वालबाल के साथ कृष्ण के अलग-अलग खेलों में भी आध्यात्मिक रूपक रचे हैं। "मैं आंख मिचौनी कैसे खेलूं? तेरे तो अनेतलोचन हैं। यहां कहां छिपूं। जहां जाऊं, वहीं तेरा देखना पहुंच जाता है।" या "यह बड़ी तेज पतंग है, दादा, बड़ी तेज पतंग है। यह पतंग अलक्ष्य है। उसकी डोरी लक्ष्य है। उसे उड़ा रहे हैं बारह-चौदह साथी। वह तो गगन में उड़कर पहुंच गई। वहीं खो गई।" "हवा में कुंडल हिलते हैं। आंखें मटकाती राधा चली।" यह पद तो इतना विख्यात है कि अब लता मंगेशकर के गाये हुए इस पद का रिकार्ड महाराष्ट्र में घर-घर में बजता है।

श्रृंगार से भरे कृष्ण और राधा, कृष्ण और गोपियों के प्रसंग लिखते-लिखते एकनाथ अंतिम पंक्ति में ऐसा आध्यात्मिक रूपक जमा देते हैं कि श्रृंगार से श्रोता या पाठक कब अध्यात्म में पहुंच जाता है, पता ही नहीं लगता।

उनके पदों की सबसे बड़ी खूबी उनके। मुखबंद या पहली पंक्ति है, जिसे

ध्रुपद कहते हैं। एकनाथ के कुछ पदों की पहली पंक्तियां यों हैं :

(1) ऐसा कौन देवता, घुटनों से चलता है, री,
और जो एक पैर से लंगड़ा है वह हमें ठग रहा है...

(2) मन राम में रंग गया, सारा मन राम हो गया
सबाह्याभ्यंतर में सब राम का ही रूप चमक रहा है

(3) सगुण चरित्र यह परम पवित्र है सादर वर्णन करूं सज्जन
वृंद मनोभाव से उसका वंदन करें

(4) यह भूत ऐसा लग गया है
कि हर जगह यह तंग करता है इसे कैसे उतारूं, री,

एकनाथ के इन पदों में संगीत भी है, कविता भी है। आध्यात्मिक निगूढ़ रहस्य हैं और सहज सरलता भी है। प्रसाद और माधुर्य गुणों का यह दुग्ध-शर्करा योग एकनाथ के पदों में मिलता है।

एकनाथ के 'भारूड'

'भारूड' या कबीर की 'उलटवासियां' जैसे ये कूट पद एकनाथ की काव्य-रचना की अपनी एक विशेषता है। उसके कुछ नमूने पदों के संकलन में अर्थसहित दिये गये हैं। यह शब्द 'भारूड' कुछ लोग 'बहुरूढ़' से बना मानते हैं। कुछ लोग इसे देशज शब्द और 'कबाड़' या 'रामरसरा' या बेकार की बातों के जोड़ के अर्थ में मानते हैं। संसार के सभी श्रेष्ठ साहित्य और कला में एक ऐसी स्थिति आती है जब जीवन की विसंगति, अर्थहीनता, परस्पर-विरोधी बातें संवेदनशील कवि या कलाकार को बहुत चुभती हैं और वह व्यंग्य से उन पर चोट करता है। उसे व्यक्त करने के लिए उसे उल्टी-सीधी बातें कहनी पड़ती हैं।

ज्ञानेश्वर ने 'अंधा', 'कंबल', 'कौआ' आदि पद लिखे। नामदेव का 'तुतला' या जोगा परमानन्द की 'गुड़गुड़ी ऐसे ही पद हैं। एकनाथ के बाद भी रामदास, तुकाराम ने इस तरह की वक्रोक्ति का सहारा लेने वाले 'भारूड' लिखे। एकनाथ ने करीब तीन सौ पद इस तरह से लिखे, और उनमें सवा सौ विविध

विषयों पर रचनाएं हैं। कुछ लोग भारूड को 'गारुड' यानी जादू भी कहते हैं। उसमें चमत्कृति प्रधान होती है। खेल-खेल में वह बहुत-सी सामाजिक बुराइयों की आलोचना करने वाले वे पद होते हैं। धीरे-धीरे वे हर सुनने वाले की जबान पर चढ़ जाते हैं। इसीसे वह लोकगीत की शैली में 'बहुरूढ़' हो जाते हैं। इन्हें पढ़कर लोग 'अहो आश्चर्यम्' कहते रहते हैं।

संकलन में दिये हुए कुछ 'भारूड' हैं ही। परन्तु आदिमाया और श्री विट्ठल एक हैं, अलग-अलग देवी-देवताओं को क्यों पूजते हो, ईश्वर का अंश सबमें है, यह बात एकनाथ बार-बार अलग-अलग तरह से इन पदों में कहते हैं।

भवानी माता को रोटी चढ़ाने की मानता पर एक 'भारूड' है। देवताओं को और मन्दिर को अपना जीवन अर्पित करने वाले 'वाध्या' और 'मुरली' (देवदासी और देवदास) की प्रथा पुरानी है। महाराष्ट्र में 'खंडोवा' देवता के मन्दिर में ये होते हैं। उसे ही 'मल्हारी' भी कहते हैं। ये शिव के ही विविध नाम हैं।

ऐसे एकनाथ के अनेक 'कूट' पद हैं। इन सबमें सबसे मजेदार है। 'हिन्दू-तुर्क संवाद'। इसका अनुवाद अंग्रेजी में 'लंदन स्कूल आफ ओरिएंटल एंड अफ्रीकन स्टडीज' के प्रो०आयन रेसाइड ने मूल मराठी से किया है। इस संवाद में दोनों धर्मों की मूलभूत एकता पर जोर दिया गया है। 'स्वधर्म' शब्द का अर्थ बहुत व्यापक है। वह संकीर्ण और कट्टरवादी नहीं होता है। उद्देश्य या साध्य तो एक ही हैं परन्तु साधन या भजन अलग-अलग, परस्परविरोधी कैसे हो सकते हैं? इस संवाद में मराठी और हिंदुस्तानी मिली-जुली भाषा है। इसका नमूना अन्त में पद-संकलन में दिया है।

एकनाथी भागवत

सन् 1570 से तीन बरस तक एकनाथ श्रीमद्भागवत के दशम स्कंध की टीका मराठी में लिखने में व्यस्त रहे। यह ग्रन्थ बहुत विशाल है। यानी ज्ञानेश्वरी के आकार से दोगुना। इसकी ओंवी संख्या 18,800 है। भागवत जैसा महान्-रसमय ग्रंथ, उसमें एकनाथ जैसा कवित्त्व की प्रतिभा वाला

अलौकिक कथावाचक, और गुरुकृपा का सिंचन, ये तीनों बातें मिलकर यह ग्रन्थ वटवृक्ष की तरह सबको सुखद छाया देने में समर्थ हुआ। ज्ञानेश्वर में विनय और आत्मविश्वास का जैसा संगम मिलता है वही एकनाथ में भी पाया जाता है।

इस टीका में कृष्णकथा तो है ही परन्तु साथ ही साथ ग्रन्थ के आदि और अन्त में भागवत धर्म की परम्परा समझाई गई है। यह धर्म क्या है, उसका स्वरूप क्या है, उसकी कौन-सी विशेषताएं हैं, उसका ध्येय क्या है, साधन क्या है ये सब बातें विस्तार से इस ग्रंथ में दी गई हैं।

इस ग्रंथ की यह विशेषता है कि यह कथा जनसाधारण की समझ में आये, उसके भीतर का अध्यात्म-रहस्य वे ग्रहण कर सकें, यह व्यवस्था इसमें उन्होंने की है। बे-पढ़े-लिखे, सामान्य किसान, कुरमी, कारीगर सबको इससे आनंद मिले, ऐसी एकनाथ की योजना और रचना है। इसलिए वे हर कथा को विस्तार देते जाते हैं। कथा कहते समय, वक्तृता की शैली में कई बार एक ही कथन को कई तरह से कहना पड़ता है। बार-बार कहकर अपनी बात पक्की करनी पड़ती है। दूसरी बात यह है कि कवि एकनाथ भावना से भरकर उमंग में बहने लगते हैं। ऐसे समय मानवीय जीवन के सुख-दुःख, प्रसंग, उदाहरण, दृष्टांत, चित्र वे ज्यों-के-त्यों देकर उस दैवी कथा को सांसारिक रूप देने में दत्तचित्त हो जाते हैं। सब जगह उनकी अध्यात्म दृष्टि उन्हें एक कुशल गायक की तरह से पुनः 'सम' की ओर ले आती है, चाहे वे तान-विस्तार कितना ही करें।

भावार्थ रामायण

एकनाथ ने अपने जीवन के अन्त में यह महाग्रंथ लिखना आरम्भ किया, परन्तु वे उसे पूरा नहीं कर सके। सात कांडों के रामायण के पहले पांच कांड उन्होंने लिखकर पूरे किये। छठे कांड के 44 अध्याय पूरे कर चुके थे कि उन्हें मृत्यु ने आ घेरा। छठे कांड के बचे हुए 48 अध्याय और सातवां उत्तरकांड एक 'गावबा' ने लिखा और ग्रन्थ पूरा किया। 'भावार्थ रामायण' के कुल 297 अध्याय हैं। इनमें से 172 नाथ के लिखे हुए हैं और गावबा ने कहीं अपना नाम न देते हुए 'एकाजनार्दन' नाम से ही शेष

रचना की है। यह काम उसने इतनी कुशलता से किया है कि कहीं पता ही नहीं चलता कि कहां एकनाथ की रचना समाप्त हुई और कहां गावबा की रचना शुरू हुई है।

इस ग्रन्थ में अहिरावण का आख्यान कहीं नहीं है। इसलिए किसी 'जयरामात्मज' कवि ने वह लिखकर युद्धकांड में बाद में जोड़ दिया है (332 से 340 ओवियां)। पांगारकर मानते हैं कि गावबा और 'जयरामात्मज' एक ही थे। परन्तु अन्य विद्वान् यह सही नहीं मानते। यों भावार्थ रामायण तीन कवियों की लेखनी से पूरा किया जाकर 'त्रिवेणी संगम' बन गया।

एकनाथ ने यह केवल वाल्मीकि की संस्कृत मूल रामायण का मराठी अनुवाद नहीं किया है। अध्यात्मरामायण, योगवासिष्ठ आदि अनेक गंभीर संस्कृत दार्शनिक ग्रन्थ पढ़कर यह 'भावार्थ रामायण' रची है। राम और सीता की सीधी-सादी कहानी न कहकर एकनाथ उसमें आध्यात्मिक अर्थ भी जोड़ते हैं। जैसे 'अज' अजन्मा है, 'दशरथ' दस इंद्रियां हैं। 'राम' आत्मतत्त्व हैं, दशरथ के चार बेटे चार पुरुषार्थ हैं, 'शिवधनुर्भंग' का अर्थ है आत्मज्ञान से माया का नाश इत्यादि।

राम और सीता की एकरूपता दिखाते हुए उन्होंने ज्ञान-भक्ति की दृष्टि का उपयोग किया, उसकी मिठास कुछ और ही है। सीता जीव है। राम जीवन है; सीता शर्करा तो राम उसकी मधुरता है; सीता दृष्टि है तो राम सुन्दर दृश्य हैं, ऐसे वे दोनों के एकरसभाव का वर्णन देते हैं।

रावणवध के बाद सुग्रीवादि वानर सीता को रामचन्द्र के पास लिवा जाने के लिए आते हैं। तो वह उस शिविका (पालकी) में नहीं बैठती जो विभीषण ने उसे लाने के लिए भेजी है। वह पैदल ही चल देती है। यहां एकनाथ लिखते हैं कि "प्रभु मिलेंगे तो अपने ही पैरों से चलकर। दूसरे के चरणों के आधार पर यदि राम मिल जाते तो साधक इतनी पदयात्राएं क्यों करते? दूसरों के चरणों के सहारे राम कभी नहीं मिल सकते। दूसरा कोई भोजन कर ले तो क्या अपना पेट भरेगा?" (युद्धकांड, अध्याय 67×6 से 124)

इस तरह से एकनाथ अपनी रामायण में कई प्रसंग अपने मन से जोड़

देते हैं।

एकनाथ की रामायण में उस समय की महाराष्ट्र की स्थिति की भी झांकी मिलती है। अयोध्याकांड में रावण ने सीता को बंदिवास में डालकर क्या दुर्दशा की है, यह बताते हुए सीता उस समय के मुस्लिम शासकों के अत्याचारों का वर्णन अनजाने में करती जाती है।

युद्धकांड में भी देवताओं को सश्रम कारावास देने के वर्णन आते हैं। ब्राह्मणों की दशा कितनी गिर गई थी, यह अप्रत्यक्ष रूप से रावण के घर की चाकरी करने वाले ब्राह्मणों के रूप में बताया गया है, "न मांगते हुए आशीर्वाद देते हैं। नीचों की सेवा करते हैं। अपने पास उपाध्याय का पद रखने के लिए राक्षसों के घर के आगे धूल सींचकर, गोबर लीपकर दरवाजे संमार्जित रखते हैं।"

एकनाथ क्षत्रियों की भी आलोचना करते हैं। लिखते हैं, "मरण-भय के मारे क्षत्रिय मन-मन में अशक्त हो गये हैं। ऐसे क्षत्रिय नपुंसक' हैं।" एकनाथ वैश्यों की कंजूसी पर लिखते हैं, "वैश्यां चे कृपण मन। कवडी-कवडी सांचवितो धन" (अर्थ : वैश्यों का मन कृपण है। वे कौड़ी-कौड़ी धन संचित करते हैं।)

एकनाथ केवल ब्राह्मण, क्षत्रिय, "वैश्यों के ही दोष नहीं गिनाते, वे बड़ी सूक्ष्मता से तत्कालीन समाज के निम्न वर्ग के अनेक चरित्रों का भी अवलोकन और चित्रण करते हैं। ठग, चोर, लूटने वाले सुनार, गुप्त चोरी करने वाले दर्जी, बदमाशियां करने वाले साहूकार, कसेरे, रंगरेज, खेतहिर, तमोली सब तरह के पेशेवरों का उल्लेख उनकी कविता में आता है।

एकनाथ की विशेषताएं

प्रो० रा ० द० रानडे ने लिखा है कि एकनाथ के और ग्रंथों में बुद्धिवाद और विवेक का रूप निखरा है। परंतु अभंगों और पदों में उनकी भावना व्यक्त हुई है। उनकी कविता में ज्ञान और भक्ति ये दोनों एकाकार होते हैं।

एकनाथ की रचना की पहली विशेषता यह है कि उसका परिमाण विपुल

है। अभंग, पद, भारूड, ग्वालिनें आदि के रूप में एकनाथ की प्रतिभा भागवत, रामायण जैसे महाकाव्यों में भली प्रकार प्रकट होती है तो छोटे-छोटे मुक्त पदों में भी वह उतनी ही सहजता से दीखती है।

एकनाथ की दृष्टि केवल पारमार्थिक या अध्यात्मिक ही नहीं है। वे अपने समय के समाज और उसके हालात से सिर्फ परिचित ही नहीं हैं, उस पर अपना अभिमत भी निर्भय होकर देते हैं। समाज की बुराइयों की तो वे बेबाकी से निंदा और आलोचना करते हैं।

एकनाथ के समय में महाराष्ट्र मुसलमानी सत्ता के नीचे तीन सौ बरस तक पिसता रहा। देवगिरि के यादव का राज्य समाप्त हो चुका था। बीच में विजयनगर का साम्राज्य उभरा था, परंतु तुंगभद्रा नदी के तीर के इस राज्य का महाराष्ट्र में विशेष प्रभाव नहीं पड़ा। मुस्लिम राजसत्ता उस समय काफी अत्याचार करने वाली थी। कई मंदिर ध्वस्त कर दिये गये थे। उनकी उत्तम शिल्पकला की कृतियां भी खंडित हो गई थीं। कई धर्म-ग्रंथ जला दिये गये थे। स्त्रियों का अपहरण सामान्य बात थी। परंतु यह सब काम मुस्लिम राजाओं ने अकेले नहीं किया था। वे तो संख्या में बहुत थोड़े थे। उन्हें हिंदुओं ने भी सहायता दी थी। महाराष्ट्र की पांच 'शाही' बादशाहतों में से दो मूलतः तैलंग ब्राह्मण थे, जो धर्मान्तर करके मुसलमान हो गये थे। और जैसे होता है, नया-नया धर्मान्तरित व्यक्ति और अधिक कट्टर हो जाता हैं। हिंदुओं में काफी फूट थी। आपस में भाई-भाई, वंश-वंश लड़ते थे। कई स्वार्थी हिंदू मुस्लिमों के ताबेदार थे। तीन शतकों में गुलामी की लोगों को आदत हो गई थी।

धार्मिक स्थिति और भी बुरी थी। हिंदू अंधश्रद्धा में डूबे हुए थे। इसका लाभ ढोंगी साधु और बाबा लोग खूब उठाते थे। परमार्थ को भूलकर लोग स्वार्थी हो गये थे। एकनाथ की 'गाथा' की पद-संख्या 2574/ से 2700 तक इसका सविस्तार वर्णन किया गया है।

एकनाथ ने सारे समाज की केवल निंदा ही नहीं की, परंतु उसे सकारात्मक दृष्टि से भागवत धर्म की दिशा भी दिखाई। उनके ध्वज के नीचे विविध प्रकार के श्रोताओं को एकाकार किया गया। इस तरह से एकनाथ ने परतंत्रता से खंडित और पीड़ित महाराष्ट्र को शिवाजी और रामदास

के काल तक ले जाने में अन्तःस्फूर्ति और प्रेरणा प्रदान की। एकनाथ की धर्म-सेवा एक तरह से राष्ट्र-सेवा थी, ऐसा अपने ग्रंथ 'भागवतोत्तम एकनाथ' में डा० शं० डॉ० पेंडसे कहते हैं।

एकनाथ का सबसे बड़ा काम मराठी भाषा के क्षेत्र में है। एकनाथ के समय एक ओर मराठी पर फारसी जबान का जबर्दस्त असर था, दूसरी ओर कट्टर शुद्धिवादी पंडित उस भाषा को संस्कृतमय और क्लिष्ट बना रहे थे। एकनाथ ने मध्यम मार्ग अपनाया और साहित्य की भाषा को जनभाषा से जोड़ा।

'महाराष्ट्र-सारस्वत' के लेखक वि० ल० भावे कहते हैं कि उस समय मुसलमानी राजसत्ता होने के कारण सरकार-दरबार में फारसी भाषा प्रचलित थी। 'अर्जदार' अपनी 'फरियाद' 'काजी' के आगे ले जाते थे। काजी 'फैसला' देकर 'इंसाफ' करता था। उस समय का मराठी गद्य देखें तो उसमें फारसी का जबर्दस्त आक्रमण दिखाई देता है। एकनाथ ने भी अपनी कविता में 'जोहार', 'अर्जदास्त' वगैरह शब्द लिखे हैं। स्फुट पद्यों में कई जगह बोलचाल की मराठी में वे फारसी शब्द प्रयुक्त करते हैं। क्योंकि फारसी के वे शब्द मराठी में तब रच-पच गए थे।

संस्कृत भाषा के लिए उन्हें आदर था परन्तु वह जनसाधारण की भाषा नहीं हो सकती, यह भी जानते थे। इसलिए संस्कृत की तुलना में वे मराठी को अधिक महत्त्व देते हैं। पैठण के वेद-शास्त्र पारंगत पंडित उनके विरोधी हो गये। कुछ तो ईर्ष्या और मत्सर से उनका विरोध करते थे, कि मराठी में लिखकर यह व्यक्ति इतना लोकप्रिय क्यों है? बहुजन समाज के लिए लिखने वाले एकनाथ सच्चे लोक-साहित्यकार थे। वे पढ़े-लिखे और अनपढ़ के बीच संस्कृत की एक दुर्लंघ्य दीवार खडी करना नहीं चाहते थे। उन्होंने इस दीवार को तोड़ा नहीं; उसमें उन्होंने मातृभाषा की खिड़कियां खोलकर ताजी स्वच्छ हवा के लिए सहज मार्ग बना दिया। एकनाथ आग्रहपूर्वक मातृभाषा की हिमायत और समर्थन करते हैं। पैठण के सनातनी ब्राह्मणों ने एकनाथ को 'चतुःश्लोकी भागवत' मराठी में लिखने के कारण जाति-बहिष्कृत कर दिया था। परन्तु एकनाथ। ने कहीं भी अपने किसी विरोधी को गाली नहीं दी या

अपशब्द नहीं कहे। वे अपना काम करते रहे, और सचमुच में वे मराठी भाषा के 'नाथ' बन गये! उन्हें सब लोग 'नाथ' कहकर ही पहचानने लगे।

मराठी के 'सन्तपंचायतन' में ज्ञानेश्वर, नामदेव, तुकाराम और रामदास के साथ एकनाथ का नाम हमेशा लिया जाएगा। कहा जाता है कि ज्ञानेश्वर ने नींव रखी, तुकाराम उस मंदिर का कलश बना गये। परन्तु एकनाथ ने इस मराठी भक्ति साहित्य के मन्दिर के मंडप को अनेक शिल्पों से सज्जित किया। 'एकनाथी भागवत' और 'भावार्थ रामायण' नामक ग्रंथ 'ज्ञानेश्वरी' के बाद मराठी के श्रेष्ठ ग्रंथों में, 'क्लासिकों' में से एक माने जाते हैं। रामदास का 'दासबोध' और नामदेव, तुकाराम की गाथा पढ़ लीजिये तो महाराष्ट्र का पूरा भक्ति साहित्य इन पांच-छह ग्रंथों में समाविष्ट हो जाता है।

ऐसे एकनाथ की विपुल रचनाओं से कुछ अंश, कुछ पद, कुछ अभंग और 'भारूड' उनके मूल मराठी के साथ, सरल हिंदी गद्य में सार रूप से इस पुस्तक में दिये गये हैं।

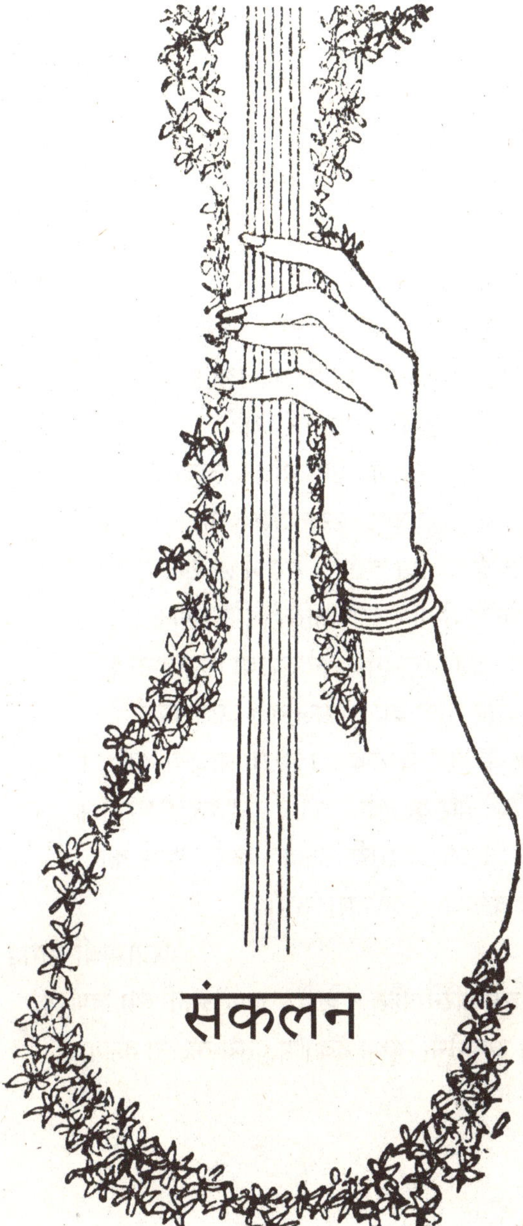

संकलन

पढ़ें–गौलखी

1. ऐक ऐक सखये बांई। नवल मी सांगू काई॥
त्रैलोक्याचा धनी तो हा। यशोदेसी म्हणतों आई॥
देवकीनें वाहिला। यशोदेनें पालिला॥
पांडवांचा बंदिजन। होउनीया राहिला॥
ब्रम्हांडाचा सांठवण। योगियांचें निजधन॥
चोरी केली म्हणवुन। उखलासि बंधन॥
सकल तीर्थें जया चरणीं। सुलभ हा शूलपाणी॥
राधिकेसि म्हणे। तुझो करिन वेणिफणी॥
शरण एका जनार्दनी। कैवल्याचा मोक्षदानी॥
गाई गोप गोपी बाला। मेलविले आपलेपणीं॥
2. कशि मी जावूं वृन्दावना। मुरली वाजवी कान्हा॥
पैलतिरी हरि वाजवी मुरली। नदि भरली यमुना॥
कासे पीतांबर कस्तुरी टिलक। कुंडल शोभे काना॥
काय करू बाई-कोणाला सांगूं।
हरिनामाची सांगड आणा॥
नंदाच्या हरिनें कौतुक केलें। जाणें अंतरिच्या खुणा॥
एका जनार्दनी म्हणा देव। महात्म्य कलेना कोणा॥

पद–ग्वालिन

1. सुनो, सुनो सखियो, मैं एक आश्चर्य की बात बताऊं,
   जो त्रिलोक का स्वामी है। वह यशोदा को 'मां' कह रहा है॥
   देवकी ने अर्पित किया, यशोदा ने लालन-पालन किया,
   पांडवों का बन्दीजन बनकर वह रहा॥
   ब्रह्मांड सारा जिसमें समाया है, योगियों का जो अपना धन है,
   चोरी की, इसलिए उसे ऊखल से बांधकर रखा यशोदा ने॥
   सारे तीर्थ जिसके चरणों से निकले, ऐसा जो सुलभ है, शूलपाणी है,
   वह राधा से कहता है—मैं तेरे बाल बनाऊंगा,
   मांग सजा दूंगा, चोटी गूंथूंगा, जूड़ा बांधूगा॥
   एका (एकनाथ) जनार्दन की शरण है,
   कैवल्य मोक्ष देने वाला वही है।
   उसने गोएं, गोप, गोपी बालाएं सब अपनापे से इकट्ठा कर लिये हैं॥
2. कैसे जाऊं मैं वृन्दावन? कान्हा मुरली बजा रहा है,
   उस पार हरी मुरली बजा रहा है, जमुना नदी में बाढ़ है॥
   वह पीताम्बर कसे हुए है, कस्तूरी का तिलक किये हुए है,
   कानों में कुंडल हैं,
   क्या करूं सखि, किससे कहूं, हरिनाम की संगत लाओ॥
   नंद के हरी ने ऐसा जादू किया कि वह भीतर के सब भेद जान गया,
   एका, जो जनार्दन को अर्पित है कहता है कि देवता
   की महिमा कोई नहीं जानता॥

3. माझा कृष्ण देखिला काय। कुणीतरी सांगा गे ॥ध्रु ॥
हातीं घेऊनिया फूल। अंगणि रांगत आहे मूल।
होते सारवीत मी चूल। कैशी भूल पडियेली ॥1 ॥

माथां शोभे पिंपलपान। मेघवर्ण ऐसा जाण।
त्याला म्हणती श्री भगवान। योगी ध्यान विश्रांती ॥2 ॥

संगे घेउनीं गोपाल। बाल खेले अलमाल।
पायीं पोल्हारे झलाल। गलां माल वैजयंती ॥3 ॥

एका जनार्दनीं माय। घरोघरांप्रती जाय।
कृष्णा जाणावें ते काय। कोणी सांगा गे ॥4 ॥

4. गौलणी गारह्राणे सांगती यशोदेसी।
दहीदूध खाउनीया पलुनि जातो हृषिकेशी ॥1 ॥
लाडका हा कान्हा बाई। तुझा तुला गोड वाटे ॥
याच्या खोडो किती सांगू। महीपत्र सिंधु आटे ॥2 ॥

मेलवोनी गोपाल। घरामध्ये शिरे कान्हा ॥
धरू जातां पलुनी। जातो यादवाचा राणा ॥3 ॥
ऐसे मज याणें पिसें। लावियले सांगू काई ॥
एका जनार्दनीं। काया वाचा मने पायीं ॥4 ॥

5. कसा मला टाकुनी गेला राम ॥
रामाविण जिव व्याकुल होतो। सुचत नाहीं काम ॥1 ॥
रामाविण मज चैन पडेना। नाहीं जिवसि आराम ॥2 ॥
एका जनार्दनीं पाहुनी डोलां। स्वरूप तुझें घनश्याम ॥3 ॥

3. मेरा कृष्ण किसी ने देखा है क्या, कोई तो बताओ ॥ ध्रु पद ॥
हाथ में फूल लेकर आंगन में एक बच्चा घुटनों के बल सरक रहा है।
मैं चूल्हा लीप रही थी, (उसे देखकर) कैसी सुध-बुध भूल गई ॥1 ॥
उसके माथे पर पीपल के पत्ते जैसा मोरपंख है, वह मेघवर्ण है।
उसे सब श्री भगवान् कहते हैं,
योगी उसी के ध्यान में विश्रांति पाते हैं ॥2 ॥
वह अपने संग में गोपाल लिये हुए है,
वह बालक सब जगह ओतप्रोत, खेल रहा है।
पैरों में चमकती हुई पैजनियां हैं, गले में वैजयन्ती माला है ॥3 ॥
जनार्दन को समर्पित एका कहता है, मां घर-घर में उसे ढूंढ़ने जाती है।
कृष्ण को कैसे जानें, कौन कहे ॥4 ॥

4. ग्वालिने यशोदा से शिकायत कर रही हैं,
दही-दूध खाकर यह ऋषिकेश भाग निकलता है ॥1 ॥
यह कान्हा तेरा लाड़ला है, तुझे वह बड़ा अच्छा लगता है।
पर उसकी शरारतें कहां तक कहूं? धरती को कागज बनाकर
समुन्दर की स्याही करने पर भी वे शिकायतें पूरी नहीं लिखी
जा सकतीं ॥2 ॥
ग्वाल-गोपाल जमा कर लेता है, घर में कान्हा घुस जाता है
पकड़ने जाओ तो यह भाग निकलता है;
यह यादवों का राणा कहां जाता है, क्या बताऊं ॥3 ॥
इसने तो मुझे ऐसा पागल बना दिया, मैं कुछ कह ही नहीं सकती।
एका ती जनार्दन को अर्पित है, तेरा घनश्यामस्वरूप आंखों से
देखते ही बनता है ॥4 ॥

5. कैसे मुझे छोड़कर गया, हे राम?
राम के बिना जी अकुलाता है, सूझता नहीं कोई काम ॥1 ॥
राम के बिना चैन नहीं मिलता, जी को नहीं मिलता आराम ॥2 ॥
एका जनार्दन का, जब से देखा है इन आंखों से तेरारूप, घनश्याम ॥3 ॥

6. भुलविलें वेणुनादें। वेणु वाजविला गोविंदें॥
पांगुलले यमुनाजल। पक्षी राहिले निश्चल॥
तृणचरें लुब्ध जालीं। पुच्छ वाहूनियां ठेली॥
नाद न समायें त्रिभुवनीं। एका भुलला जनार्दनीं।

7. वारियाने कुंडल हाले। डोले मोडित राधा चाले॥
राधा पाहुनि भुलले हरी। बैल दुभे नंदाघरीं॥
हरि पाहुनि भुलली चित्ता। राधा घुसली डेरा रिता॥
मन मिनलेसे मना। एक भुलला जनार्दना॥

6. बंसी के नाद ने मुझे भूलभुलैया में डाल दिया, बंसी बजायें गोविंद
जमुनाजल की गति मन्द हो गई, पक्षी निश्चल हो गये॥
तृणचर (हिरन, गौएं) लुब्ध हो गये, पूंछ हिलाना छोड़कर खड़े हैं।
वह बंसी नाद तीन लोक में नहीं समाता,
पर एका तो जनार्दन में खो गया है।

7. हवा में कुंडल हिलते हैं। राधा आंखें मटकाती चली जा रही है॥
राधा को देखकर हरी पागल हो गए हैं।
नन्द के घर में बैल दुहने लगे हैं॥
हरी को देख राधा का भी चित्त खो गया।
खाली मटकी में मथानी चला रही है॥
मन-मन से जुड़ गये हैं। एका जनार्दन में मिल गया॥

अज्ञान–दंभावर प्रहार

1. कलिमाजीं दैवतें उघड़ दिसती फार।
नारल आणि शेंदूर यांचा भडिमार॥
लटिका भक्त लटिका देव लटिके सर्व वाव।
सात धान्याचे धपाटे काय साचा बडिवार॥
तेल रांधा मागती मलिदा वरती काल कुंकू॥
फजीतखोर ऐसे देव तयाचे तोंडावर थूंकू॥
एका जनार्दनीं सर्वभावें सोपा पंढरिराव।
तया सांडोनी कोण पुसे या देवांची माव।

2. म्हणती देव मोठें मोठें। पूजिताती दगड गोटे॥
कष्ट नेणती भोगिती। वहा दगडाते म्हणती॥
जीत जीवा करुनी वध। दगडा दाविती नैवेद्य॥
रांडा पोरें मेल जाला। एक म्हणती देव आला॥
नाक घासुनी गव्हार। देवा म्हणती गुन्हेगार॥
एका जनार्दनीं म्हेणे। जन भुललें मुर्खपणें॥

अज्ञान और ढोंग पर प्रहार

1. कलियुग में देवता जगह-जगह खुले पड़े हैं, कितने सारे
नारियल और सिंदूर का उनपर ढेर सारा चढ़ावा चढ़ता है॥
झूठा भक्त, झूठा देवता, झूठे सब उपचार हैं।
सात अनाज की मोटी रोटी, क्या करें उसकी तारीफ !
तेल मांगते हैं, नाज मांगते हैं, मलीदा मांगते हैं,
सिर पर काला तिलक लगाते हैं,
ऐसे देव फ़जीहत करने वाले हैं, उनके तो मुंह पर थूकना चाहिए॥
एका का जनार्दन पंढरिनाथ तो सब तरह से सीधा-सादा है
उसे छोड़कर कौन पूछे इन देवताओं की माया॥
2. कहते हैं कि ये देवता बड़े-बड़े हैं। पर पूजे जा रहे हैं कंकड़-पत्थर॥
कष्ट नहीं जानते, भोगते हैं। कहते हैं, पत्थरों पर अर्पण करो॥
जिंदा पशुओं का वध करते हैं।
और बलि का नैवेद्य पत्थर पर चढ़ाते हैं॥
विधवाएं-बच्चे सब एक जगह जमा होते हैं, कहते हैं
देवता उनके बदन में आ गये
नाक रगड़ते हैं ये गंवार और कहते हैं देवता गुनहगार है॥
जनार्दन का एका कहता है कि जनता तो मूर्खता पर ही लट्टू, है॥

3. येऊनी नरदेहा भूतातें पूजिती।
परमात्मा नेणती महामूर्ख ॥
दगडाच्या देवा सेंदुराचा भार।
दाविती बडिवार पूजनाचा ॥
रांडा पोरें घेतो नवसाचे बगाड। नुगवे लिगाड तयाचेनी ॥
आपण बुडती देवा बुडविती। अंतकालीं होती दैन्यवाणे।
एक जनार्दनीं ऐसिया देवा। जो पूजी गाढवासम होय ॥

4. भजन चालिलें उफराटें। कोण जाणे खरें खोटें ॥
अग्निहोत्राचा सुकाल। वड़ा पिंपलासी काल ॥
तिन्ही देव पिंपलांत। अग्निहोत्रीं केला घात ॥
म्हणति सोमयाग करा। मुख धरुनी मेंढा मारा ॥
शेंदुर माखूनियां धोंडा। चालविती पोरे रांडा ॥
एका जनार्दनीं नेम। सर्वाठायीं पुरुषोत्तम ॥

5. आतां मानभाव झालों भिक्षा वाढा बाई
भिक्षा वाढा बाई ॥ध्रु ॥
मुलीचाची मानभाव वस्त्रें कालीं केलीं।
कोरके मागून झोली भरली। उलटी काठी धरली ॥1 ॥
सोन्यारुप्याचे देव आम्ही मोडूनियां खाऊं।
शेंद्राचे देव आम्ही दृष्टी न पाहूं ॥2 ॥
एका जनार्दनीं मानभाव झाला ॥
झोलीवरती झोली ठेउनी गडबडगुंडा केला ॥3 ॥

3. नर-देह पाकर भूतों को पूजते हैं। परमात्मा नहीं जानते ये महामूर्ख॥
पत्थर के देवता पर सिंदूर का भार।
और पूजा का इतना बड़ा आडम्बर रचाते हैं।
विधवा और बच्चे मानताओं की विधि करते हैं।
उनसे भी संकट कम नहीं होते॥
खुद डूबते हैं, देवता को डुबाते हैं।
अन्तिम समय पर दीनता दिखाते हैं।
जनार्दन का एका कहता है कि ऐसे देवता को जो पूजता है,
वह गधे जैसा है॥

4. भजन चल रहा है उलटा। कौन जानता है क्या सच्चा है क्या झूठा॥
अग्निहोत्र का बड़ा उत्सव मन रहा है।
बड़ और पीपल नष्ट हो रहे हैं॥
तीनों देवता उसी पीपल में हैं।
सो अग्निहोत्र में उसी पेड़ का घात किया॥
कहते हैं, सोम-यज्ञ करो। मुंह दबाकर भेड़ को मारो, बलि दो॥
पत्थर पर सिंदूर मलते हैं। बच्चों-विधवाओं को पागल करते हैं॥
एका जनार्दन का यही नियम (व्रत) है,
कि सब स्थानों में सबमें, पुरुषोत्तम है॥

5. अब मैं 'मानभाव' (महानुभाव पन्थी) बन गया।
भिक्षा दो माता जी, भिक्षा दो॥ध्रु॥
मूलतः मैं मानभाव हूं, वस्त्र काले पहन लिए।
खप्पर फैलाकर झोली भर ली, लकड़ी उलटी पकड़ ली॥1॥
सोने-चांदी के देवता हम बेचकर खायें,
और सिंदूर के देवता हम फूटी आंख से न देखें॥2॥
एका जनार्दन का मानभाव बन गया
झोली पर झोली लटकाकर गड़बड़-घोटाला करने लगा॥3॥

स्फुट अभंग

1. श्रीज्ञानदेवें येउनि स्वप्नांत। सांगितली मात मजलागीं॥
दिव्य तेजःपुंज मदनाचा पुतला। परब्रह्म केवल बोलतसे॥
अजानवृक्षाचि मुली कंठासि लागली।
येउनि आलंदी काढी वेगीं॥
ऐसे स्वप्न होतां आलों अलंकापुरी।
तंव नदीमाजारी देखिलें द्वार॥
एका जनार्दनीं पूर्वपुण्य फललें। श्रीसद्गुरु भेटले ज्ञानेश्वर॥

2. दामाजीचा भाव पाहुनी श्रीहरी।
अनामिक निर्धारी स्वयें जाला॥
घेऊनियां द्रव्य निघाला श्रीहरी।
जोहार जोहार करी पातशहातें॥
द्रव्य देउनीया रसीद घेतली। भक्ताची माउनी विठाबाई॥
एका जनार्दनीं भक्ताचियासाठीं।
धांवे पाठोपाठी भक्ताचिया॥

3. चोखियाची भक्ती कशी। प्रेमें आवड देवासी॥
ढोरें ओढी त्याचे घरीं। नीच काम सर्व करी॥
त्याचें स्त्रीचें बालंतपण। स्वयें करी जनार्दन॥
ऐसी आवड भक्ताची देखा। देव भुलले तथा सुखा॥
नीच याती न मनीं काहीं। एकाजनार्दनीं भुलला पाहीं॥

स्फुट–अभंग

1. श्री ज्ञानदेव ने सपने में आकर मुझसे यह बात कही।
   दिव्य तेज-पुंज मदन का पुतला केवल परब्रह्म बोल रहा है॥
   अजान वृक्ष की जड़ मेरे कंठ को लग रही है।
   तू आलन्दी में आ और जल्दी से वह निकाल दे॥
   ऐसा स्वप्न देखने पर मैं अलंकापुर (आलन्दी) में आया।
   तब नदी में मुझे एक दरवाजा दिखा॥
   एका जनार्दन का पूर्व पुण्य फलित हुआ।
   श्री सद्गुरु ज्ञानेश्वर मिल गये॥
2. दामाजी का भाव देखकर श्री हरि।
   अनाम, निर्धार से स्वयं बल गया॥
   द्रव्य लेकर स्वयं श्री हरि चला।
   'जोहार-जोहार' बादशाह से कहा॥
   द्रव्य देकर के रसीद ली, भक्त की मां है विठाबाई
   एका जनार्दन कहते हैं, भक्त के लिए
   वे (श्रीहरि) भक्त के पीछे-पीछे भागे चले आते हैं॥
3. चोखा (मैला) की भक्ति कैसी?
   प्रेम के कारण ही वह प्रिय है, देवता को।
   उसके घर में ढोर (मरे जानवर) खींचकर लाता है,
   सब नीच काम खुद करता है।
   उसकी पत्नी की प्रसूति स्वयं करता है जनार्दन।
   भक्त के प्रति ऐसी प्रीति देखो, देवता उसी के सुख में सुख पाता है।
   नीच जाति है, कुछ भी मन में नहीं रखता,
   एका जनार्दन देखो उसी में खो गया॥

जोहार

1. मी संताघरीचा महार। करीतो जोहार ॥ध्रु ॥

विवेक नाईक माझें नांव।
मीपण आले अहंभाव। पंचभुताचा वसवी गांव।
रस्ते चार ॥1 ॥
आत्मा धनी पाटीलबावा। मनाजी पांड्या चालवि गांवा।
बुधाजी शेट्या बलकट रावा।
घरांत बसली आशा आवा। खेलवी पोर ॥2 ॥
दहा इंद्रिये नऊ वेशी। राहातो दहावे खीडकीपासीं।
माझा मीच मूल मिरासी।
लक्ष सदगुरुचरणापाशीं। सार विचार ॥3 ॥
कौल शेत वर्षाचें मूल। काम देशपांड्या खल।
क्रोध देशमुख सबल। नेणें सरकार ॥4 ॥
हिशोब पडेल जमा सरकारी। येइल यमाजीची स्वारी।
जीवाजी धरूनी कारभारी। ओस पडेल नगरी स्वारीं।
देतील मार ॥5 ॥
शेवटीं नाहीं तुमचें धड। पडेल चौरयासीचें कोड।
मो तो राहिन एकीकडे। सीवाजीवर घातलें सांकडें।
सांगतो बा रे ॥6 ॥

जोहार

1. मैं सन्त के घर का चाकर हूं। 'जोहार' (प्रणाम) करता हूं ॥ध्रु॥
मेरा नाम विवेक नाईक है। 'मैं-पन' आते ही अहंभाव आया।
पंचभूतों का गांव बसाया। जिसके रास्ते चार हैं ॥1॥
आत्मा स्वामी पटेल बाबा हैं। मन जी पांडे गांव चला रहे हैं।
बुद्धिराम सेठ जी बलवान् राजा हैं।
घर में बैठी है आज्ञा अमा। बच्चे खिलाती है ॥2॥
दस इन्द्रियां नौ डयोढ़ियां हैं। दसवां रहता है खिड़की के पास।
मैं ही अपना मूल मौरूसी हकवाला हूं।
लाख सद्गुरु के दुष्ट चरण पास में हैं। फिर भी सार विचारो ॥3॥
कौल का खेल वर्षा का मूल है। काम देशपांडे (पटवारी) दुष्ट है।
क्रोध देशमुख (पुरबिया)
सबल है। सरकार जानकर भी कुछ नहीं जानती ॥4॥

हिसाब सारा सरकार में जमा होगा।
जब यम जी की सवारी आयेगी कारोबारी
जीव जी को पकड़कर ले जायेंगे। सारी नगरी उजाड़ हो जायेगी।
ऊपर से मार पड़ेगी ॥5॥
मैं स्पष्ट कह रहा हूं कि अन्त में तुम्हारा कुछ भी ठीक नहीं होगा।
चौरासी (लाख योनियों) का फेरा पड़ेगा। मैं तब एक तरफ
रह जाऊंगा। (जीव जी ने) सीवाजी (शिव जी) पर संकट लगाया—
(प्राण दांव पर) लगाये हैं ॥6॥

आवडी राखा मजवर हेत। मीच करीन तुमचे हीत।
संतासंगे लावा चित्त। म्हणे एका जनार्दन विवेकनाथ ॥7॥

2. ब्रह्माजी पाटील यासी सांगा जोहार। पाटलीन आवाचा
डेंबा जाला फार। अवघा गांवगुंडी कारभार। आयाजी
करिती किं ॥1॥

आबाजीचें साच बेसन खोटी। राबतो करा संदेह रोठी।
सहज कारभाराची आटाआटी। मज नफरासी उजवे
दिठी। पाहूं नका कीं ॥2॥

कामधामाचा उलगडाकरतो। आल्या गेल्यासी जबाब
देतो। राहे रहतीचें घर राखितो। हे कष्ट सान काय
माय बाप ॥3॥
कितीकासी लाकड द्यावी। शिंग शिंगुटी म्यांच पुरवावी।
फजिती राबणुकीची सोसावी। ही गोष्ट सान कीं ॥4॥

मेखा पायबंद तोबरे माथां। जीव कष्टला बिगारीं वाहतां।
चवर्याऐशीं लक्ष गावें हिंडतां। हें दुःख सान कीं ॥5॥
कुलवाडी थोटपणाशी आले। बलुते देईनासे जाले।
पांढर टाकुनी पलाले। तरी मिराशिचें लिगाड कीं ॥6॥
न होईना मातीचा पेंडुला। जनोबा खायाचा मायंदला।
रजा घेउनी पूर्वस्थला। जाईन कीं ॥7॥

मिरास सर्वस्व कलली सारी। हाक घेउनी जाइन गडावरी।
रामजी बाबाचे दरबारीं। हकिकत सारी सांगेन कीं ॥8॥

एका जनार्दनी विवेकनाथ कहता है कि प्रेममय होकर मुझपर भरोसा रखो। मैं ही तुम्हारा भला करूंगा।

सन्तों के साथ चित्त लगाओ ॥7॥

2. ब्रह्मा जी पटेल को प्रणाम करो।

पटेलन अम्मा का गर्व बहुत बढ़ गया है। सारे गांव में गुंडों की तूती बोलती है।

इसके विरुद्ध अब हम आवाज उठाते हैं जी ॥1॥

अम्मा जी का सुच्चा बेसन जूठा है। सन्देह की रोटी मिले ऐसा करो। सहज कारोबार की पूरी मारामारी है।

मुझ 'नफरा' को टेढ़ी नजर से मत देखो जी ॥2॥

काम-धाम उलटा-पुलटा होता है।

आने-जानेवाले को उलटकर जवाब मिलता है। रैयत का घर ही कब्जा कर लेता है।

ये कष्ट क्या छोटे-मोटे हैं, माई-बाप ॥3॥

कितनों को लकडी देना है, सींग-सिंगुटी मैंने ही देते जाना है। ऊपर से ठेकेदार की फजीहत भी मुझे ही सहनी है। यह क्या छोटी-मोटी बात है? ॥4॥

पैरों में सांकल, मुंह में तोबड़ां। बेगार करते-करते जी कष्टमय हो गया है।

चौरासी लाख गांव घूमने पड़े हैं। यह दुःख क्या छोटा है ! ॥5॥

काश्तकार कुछ भी नहीं देते हैं। बलुते भी कुछ नहीं देते। वे अपना काम अधूरा छोड़कर भाग जाते हैं। ऐसी हालत में मुझ पर ही मौरूसी हक का संकट क्यों? ॥6॥

मिट्टी का पिंड भी काम ठीक नहीं करता है। मगर यह जन खाने में तो भस्मासुर है। छुट्टी लेकर मैं पूर्वस्थल पर जाऊंगा ॥7॥

कोई इस मौरूसी हक की बात समझ गये हैं। मैं शिकायत लेकर ऊपर किले पर जाऊंगा। राम जी बाबा के दरबार में सारी हकीकत, बयान करूंगा ॥8।

मिरास सर्वस्व कलली। पाटलीण आवा धनीन जाली। दिवाणदारांचीं तोंडें मारलीं। तेथें आमुचा पाड काय कीं ॥9॥

कोणी म्हणती देऊं लांचा। मी नव्हे आजकालचा। माझा वृत्तांत साचा। तो वडिलांसी सागेन कीं ॥10॥

खालीं गांवीं पाटलीण आवा विवसी। ती आगुनेदी साहेबासी। सारे म्हणती मोकासी। आम्हांस तिजपाशीं धाडितां कीं ॥11॥

इस मौरूसी हक की असलियत सबकी समझ में आ गई है। पटेलन आया स्वामिनी बन गई है। दीवानदारों के तो मंह बन्द कर दिये
गये हैं। वहां हम जैसों का कहां पता है ॥9॥

कोई कहते हैं रिश्वत दो। मैं आजकल का, ऐसा-वैसा नहीं हूं। मेरा
वृत्तांत सच्चा है। वह वृत्तान्त मैं बड़ों से जाकर कहूंगा ॥10॥

नीचे गांव में पटेलन अम्मा डाइन है। वह साहब तक जाने ही नहीं
देती। सब पटवारी कहते हैं कि हमें उसके पास क्यों भेजते
हो? ॥11॥

भागवताची प्रस्वावना

पाहोनि दशमाचा प्रांतू। एकादशाचा उदया आंतू।
एकादशावरी जगन्नाथू। ग्रंथार्थू आरंभी ॥1 ॥
म्हणोनि एकादशाची टीका। एकादशीस करी एका।
ते एकपणाचिया सुखा। फलेल देखा एकत्वें ॥2 ॥
आतां बंदूं महाकवी। व्यास वाल्मिक भार्गवी।
जयातें उशना कवी। पुराण मौरवीं बोलिजे ॥3 ॥
तिहीं आपुलिये व्युत्पत्ती। वाढवावी माझी मती।
हेचि करीतसें विनंती। ग्रंथ समाप्ती न्यावया ॥4 ॥
बदु आचार्य शंकरू। जो कां ग्रंथार्थ विवेकचतुरू।
सारूनि कर्मठतेचा विचारू। प्रबोधदिनकरू प्रकाशला ॥5 ॥
आतां वंदूं श्रीधर। जो भागवतव्याख्याता सधर।
जयाची टीका पाहतां अपार। अर्थ साचार पैं ला में ॥6 ॥
इतरही टीकाकार। काव्यकर्ते विवेकचतुर।
त्यांचें चरणीं नमस्कार। ग्रंथा सादर तिहीं होआवें ॥7 ॥
वंदू प्राकृत कवीश्वर। निवृत्ति प्रमुख ज्ञानेश्वर।
नामदेव चांगदेव वटेश्वर। ज्याचें भाग्य थोर गुरुकृपा ॥8 ॥

भागवत की प्रस्तावना

दसवें अध्याय के अन्त के बाद एकादश अध्याय के उदय के अन्दर, एकादश पर हे जगन्नाथ, मैं ग्रंथ का अर्थ लिखना आरम्भ करता हूं ॥1 ॥

इसलिए एकादश (अध्याय) की टीका एकादशी के दिन एका(एकनाथ) शुरू कर रहा है। इसमें एक-पन का सुख, एकत्व के साथ फलित होगा ॥2 ॥

अब सबसे पहले करता हूं महाकवियों की वंदना। व्यास, वाल्मीकि, भार्गव आदि जिन्हें पुराण 'उशना कवि' कहकर गौरव देता है ॥3 ॥

तीनों अपनी विद्वत्ता से ग्रन्थ की समाप्ति तक मेरी मति को बढ़ायें, यही मैं विनती करता हूं ॥4 ॥

मैं उन आचार्य शकर की वंदना करता हूं, जो ग्रन्थ के अर्थ में विवेक-चतुर हैं, और जिन्होंने कर्मठता का विचार एक तरफ करके प्रबोध के दिनकर को प्रकाशित किया ॥5 ॥

अब श्रीधर कवि की वन्दना करता हूं, जो भागवत की आधार सहित व्याख्या करने वाले हैं और जिसकी टीका देखने पर 'अपार अर्थ' आचार सहित प्राप्त होता है ॥6 ॥

और भी टीका लिखने वाले हैं, काव्यकर्ता विवेक-चतुर हैं, उन सबके चरणों में नमस्कार करता हूं। वे सब इस ग्रन्थ रचना के जिए सादर प्रस्तुत हों ॥7 ॥

अब प्राकृत कवीश्वरों—निवृत्ति प्रमुख ज्ञानेश्वर, नामदेव, चांगदेव, वटेश्वर आदि—की वंदना करता हूं जिनकी गुरुकृपा अच्छे भाग्य से ही मिलती है ॥8 ॥

जयांचे ग्रंथ पाहतां। ज्ञान होय प्राकृतां॥
तयांचे चरणी माथां। निजात्मता निजभावें॥9॥
संस्कृत ग्रंथकर्ते ते महाकवी। मा प्राकृतीं काय उणीवी।
नवी जुनी म्हणावीं। कैसेनि केवीं सुवर्णसुमनें॥10॥
कपिलेचें म्हणावें क्षीर। मा इतरांचें तें काय नीर।
वर्णस्वादें एकचि मधर। दिसें साचार सारिखें॥11॥
जे पाविजे संस्कृत अर्थे। तेंचि लाभे प्राकृते।
तरी न मनावया येथें। विषमचि तें कायीं॥12॥
कां निरंजनी बसला रावो। तरी तोचि सेवकां पावत ठावो।
तेथें सेवेसि न वचतां पहा हो। दंडी रावो निजभृत्यां॥13॥
कां दुबली आणि समर्थ। दोहींस रायें घातले हात।
तरी दोघींसही तेथ। सहजें होत समसाम्य॥14॥
देशभाषावैभवें। प्रपंचपदार्थी पालटलीं नांवें।
परि रामकृष्णादि नामां नव्हे। भाषावैभवें पालटूं॥15॥
संस्कृतवाणी देवें केली। परि प्राकृत काय चोरा पासोनि
झाली। असोतु या अभिमान भुली॥
वृथा बोलीं काय काज? ॥16॥
आतां संस्कृता किंवा प्राकृता। भाषा झाली जे हरिकथा।
ते पावनचि तत्त्वतां। सत्य सर्वथा मानिली॥17॥
वंदु भानुदास आतां। जो कां पितामहाचा पिता।
ज्याचेनि वंश भगवंता। झाला सर्वथा प्रियकर॥18॥
जेणें बालपणीं आकलिला भानु। स्वयें जाहला चिद्भानु।
जिंतोनि मानाभिमानु। भगवत्पावनु स्वयें झाला॥19॥
जयाची पदबन्धप्राप्ती। पाहो अली श्रीविठ्ठलमूर्ती।
कानीं कुंडलें जगजोती। करितां रातीं देखला॥20॥
तया भानुदासाचा चक्रपाणी। तयाचाही सुत सुलक्षणी।तया
सूर्य नाम ठेवुनी। निजी निज होउनी भानुदास ठेला॥21॥

जिनके ग्रन्थ देखकर प्राकृतजन को ज्ञान मिलता है, उनके चरणों पर हम निजात्म 'निजभाव' से मस्तक नवाते हैं ॥9॥

संस्कृत ग्रन्थकर्ता महाकवि हैं, तो प्राकृत कवियों में क्या न्यूनता है? सुवर्ण सुमनों में नये-पुराने का भेद कैसे किया जाय ॥10॥

कपिला गाय का दूध यदि क्षीर है तो औरों का दूध क्या पानी है? रंग में, स्वाद में दोनों एक जैसे हैं, सचमुच एक समान हैं।11॥

जो संस्कृत में अर्थ मिलता है, वही लोकभाषा में मिलता है। तो फिर इनमें भिन्नता क्या माननी है? ॥12॥

क्या महल में बैठा राजा, सेवक को वहीं पाता है? वहां सेवा को न देखकर सोचो कि क्या कोई राजा निजभृत्य को दंडित करता है? ॥13॥

एक दुबली है, एक समर्थ है, ऐसा नहीं है। राजा दोनों को सहज-समान भाव से हाथ में लेता है ॥14॥

देश, भाषा, वैभव में प्रपंच पदार्थ में नाम बदल गये हैं। परन्तु राम-कृष्ण आदि नाम तो भाषा-वैभव से नहीं बदल सके हैं ॥15॥

संस्कृत वाणी ईश्वर ने बनाई, वह 'देववाणी' है, तो प्राकृत (लोकभाषा) क्या चोरों के पास से आई है, यह तब मिथ्याभिमान है। वृथा बोलने से क्या लाभ है? ॥16॥

अब संस्कृत हो या प्राकृत। जो भाषा हरिकथा हो जाती है वह तत्त्वतः पावन है। वही सर्वथा सत्य मानी गई है ॥17॥

अब भानुदास की वंदना करता हूं। जो पितामह का पिता है, जिसका वंश भगवंत को सर्वथा प्रियकर हुआ ॥18॥

जिसने बचपन में भानु को समझ लिया, और स्वयं भानु हो गया। जिसने मान-अभिमान जीत लिया, और स्वयं पावन भगवंत बना ॥19॥

जिनकी पद-बंध में उपलब्धि देखने के लिए स्वयं विठ्ठल भगवान् आ गये। रात में उनके कान के कुंडल देखे जो सारे जगत् में ज्योति फैलाते हैं ॥20॥

उस भानुदास का चक्रपाणि, उसके सुलक्षण पुत्र का नाम सूर्य रखकर भानुदास स्वयं चले गये ॥21॥

तया सूर्यप्रभाप्रतापकिरणीं। मातें प्रसवली रुक्मिणी।
म्हणौनि रखुमाई जननी। आम्हांलागुनी साचचि ॥22॥
हे ग्रंथारंभकाला। वंदिली पूर्वजमाला।
धन्य निजभाग्याची लोला। आलो वैष्णवकुला
जन्मोनी ॥23॥

[भागवत (ई० स० 1573), अध्याय पहिला,
ओव्या 114-136]

उस सूर्यप्रभा प्रताप किरण से माता रुक्मिणी ने मुझे जन्म दिया। इसलिए उसे ही 'रखुमाई' सचमुच में हम कहते हैं ॥22 ॥

ग्रंथारंभ के समय इस तरह से पूर्वजों की मालिका का स्मरण किया। मेरी भाग्यलीला धन्य है कि वैष्णव-कुल में मेरा जन्म हुआ ॥23 ॥

[भागवत (ई० स० 1573), प्रथम अध्याय, ओवियां 114-136]

लोभी ब्राह्मणाची दशा

स्त्रीपुत्र होउनि एक। तिंही ठेवा नेला कित्येक।
गोत्रज मिलोनि सकलिक। बलात्कारें देख। वाटा नेला ॥1 ॥
चोरीं फोडोनियां घर। काढून नेलें भांडार।
आगी लागोनियां घर। वस्तु अपार जलाल्या ॥2 ॥
हिंवाल्यानें गेलें शेत। प्रवर्त बुडाला जेथींचा तेथ।
विश्वासू ठेवा घेउनि जात। खेत-खूत हारपलें ॥3 ॥
भांडीं ठेविला कापूर उडे। समुद्रामाजी तारू बुडें।
पातिकरावरी घाला पडे। चटूंकडे अपावो ॥4 ॥
ठक येऊनि एकांतीं। मुलाम्याचीं नाणीं देती।
धनलोभाचे काकूलती। हातींची संपत्ती त्यांसी दे ॥5 ॥
स्वचक्र परचक्र विरोध धाडी। खणती लावूनि घर फोडी।
तलघरींचे ठेवे काढी। भरोनि कावडी धन नेती ॥6 ॥

× × ×

बुद्धि सांगति वाडवाड। येऊनि तोंडी घाला दगड।
ऐसे ठेवे बुजिले दृढ़। त्याची चाड धरूं गेला ॥10 ॥
ठेवे ठेविले जे अनेक। ते पृथ्वीं गिलिले नि:शेख।
भाग्य झालें जैं विमुख। झाले अनोलख ते ठाय ॥11 ॥

लोभी ब्राह्मण की दशा

लोभी ब्राह्मण व उसकी स्त्री और पुत्र तीनों ने मिलकर बहुत सारी धन-संपत्ति संग्रह की थी। गोत्र के लोगों ने वह सब कुछ जबर्दस्ती लूट लिया ॥1 ॥

चोरों ने घर में सेंध लगा दी और वे सारा माल-मता चुरा ले गये। आग लगने से घर की अपार वस्तुएं जलकर नष्ट हो गईं ॥2 ॥

पाला पड़ा और खेतों में खड़ी फसल सब वहीं नष्ट हो गई। जिन लोगों पर विश्वास किया वे ही सारा माल-जायदाद हड़प कर गये ॥3 ॥

साझीदार के यहां भी डाका पड़ता है। इस प्रकार, जैसे पात्र में रखा कपूर उड़ जाता है या समुद्र के गर्भ में जहाज समाकर डूब जाता है, वैसे ही चारों ओर से नुकसान ही नुकसान हो गया ॥4 ॥

ठग अकेले में आकर धोखे से मुलम्मे के बरतन दे जाते हैं और धन-लोभ की तृष्णा से वह अपने हाथ का धन भी उन्हें दे देता है ॥5 ॥

अपने ही सिपाही बाहरी दुश्मन से मिलकर हमला करते हैं और कुदालों से सारा घर खोद डालते हैं, तलघर में छिपी जमा सम्पत्ति को बाहर निकाल लेते हैं और कांवरें भर-भरकर धन ले जाते हैं ॥6 ॥

× × ×

बुद्धि बहुत तरह समझाती रही कि ऐसे जमा किए हुए धन को पक्की तरह गाड़ दो और मुंह तक आने पर पत्थर रख दो। फिर भी वह अधिकाधिक धन प्राप्त करने की इच्छा करता रहा ॥10 ॥

इस प्रकार जमा करके जो तरह-तरह से धन संचित किया था, उस सबको धरती खा गई। भाग्य जब टेढ़ा हो गया तो सब कोई अपरिचित हो गये ॥11 ॥

अधर्में अदृष्ट झालें क्षीण। विपरीत भासे देहींचें चिन्ह।
पालटला निजवर्ण। ब्राह्मणपण लक्षेना ॥12॥
देखे तो पुसे ज्ञाति कोण। तो सांगे जरी मी ब्राह्मण।
ऐकत्याचें न मनी मन। वर्णाग्रपण मावललें ॥13॥
एवं निःशेष नासलें धन। ब्रह्मवर्चस्व गेलें जाण॥
म्लानवदन हीनदीन। खेद खिन्न अति दुःखी ॥14॥
गेलें शेत निमाली कुलवाडी। घर पाडिलें परचक्रपाडी।
धन नासलें नाहीं कवडी। अधर्मांचे जोडी हे दशा ॥15॥
नाहीं स्वधर्म कर्म ना दान। विहित भोग न करी आपण।
त्या धनलोभ्याचें नासलें धन। जेवी कां स्वप्न रंकाचें ॥16॥
दैव झालें पराङ् मुख। त्या हतभाग्याची दशा देख।
स्त्रीपुत्रें झालीं विमुख। तिंहीं निःशेख दवडिला ॥17॥
ऐक धनलोभाच्या ठायीं। इष्टमित्र पूर्वींचि नाहीं।
गोत्रजांसी त्याचें सुख कायी। दवडिला पाही उपेक्षित् ॥18॥
निंदा प्रत्यक्ष करिती लोक। रांडा पोरें थुंकती देख।
खावया नाहीं निःशेख। मागतां भीक मिलेना ॥19॥
भिकेलागी जेथें जेथें गेला। म्हणती कालमुखा येथें कां
आला। होता धनलोमें भुलला। भला नागविला
ईश्वरें ॥20॥
यापरी धिःकारिती लोक। धन जाऊनि झाला रंक।
चिंतावर्ती पडला देख। दुखें महादुःख पावला ॥21॥

[भागवत, अध्याय तेविसावा, ओव्या 126-146]

अधर्म के मार्ग पर चलने से भाग्य क्षीण हो गया। देह के चिह्न विपरीत दिखने लगे, यहां तक कि अपना 'वर्ण' बदल गया। कहीं भी ब्राह्मणपन नहीं दिखाई दे रहा ॥12 ॥

जो मिलता है, मिलने पर जात पूछता है। वह भले ही कहे कि मैं ब्राह्मण हूं, पर सुनने वाले के मन में तो उसका वर्णाग्रपन अस्त हो गया ॥13 ॥

इस तरह ब्राह्मणत्व का बचा-खुचा धन भी समाप्त हो गया। और वह म्लान मुख और दीन-हीन होकर खेद-खिन्न और दुखी हो गया ॥14 ॥

खेत गया, जमीन-जायदाद गई। घर परदेसी सेना आकर लूट ले गई। एक कौड़ी भी पल्ले नहीं रह गई। अधर्म से ऐसी दशा हो गई ॥15 ॥

अब उसका न स्वधर्म-कर्म रह गया। न दान कर पाया और न स्वयं ही विहित भोग भोग पाया। उस धन लोभी का सारा धन उसी प्रकार नष्ट हो गया जैसे किसी भिखारी का महलों का स्वप्न भंग हो गया हो ॥16 ॥

जब दैव ही मुख मोड़ ले तब जो दशा होती है, वही दशा उस हतभागी लोभी ब्राह्मण की देखो। स्त्री-पुरुष भी उसके खिलाफ हो गये। अब वह खोखला मान लिया गया ॥17 ॥

सुनो, धनलोभ के कारण उसके पुराने इष्ट-मित्र उसके अपने नहीं रहे। गोत्र के लोगों की उपेक्षा पाकर भला कोई सुखी रह पाता है ! ॥18 ॥

ऐसी अवस्था में लोग मुंह पर ही बुराई करते हैं। देखो, विधवा और बच्चे तक थूकते हैं। खाने के लिए भी कुछ बचा नहीं है और मांगने पर भीख भी नहीं मिलती ॥19 ॥

भीख के लिए वह लोभी ब्राह्मण जहां-जहां भी गया वहां लोग कहते हैं कि यह कलमुंहा यहां क्यों आया है। धन के लोभ से मैं तो सब कर्तव्य-अकर्तव्य भूल गया था। इसीसे ईश्वर ने ही मुझे नंगा कर दिया ॥20 ॥

इस तरह सब लोग उसे धिक्कारते हैं। धन के चले जाने से वह रंक हो गया और चिन्ता के दुश्चक्र में पड़ गया और दुख से महादुख पाता गया ॥21 ॥ (भागवत, तैतीसवां अध्याय, ओवी 126-146)

श्रीकृष्णाध्यान

प्रांतीचें श्रीकृष्णध्यान। पांचां श्लोकीं निरूपण। श्रोता
परीक्षिती सावधान। वक्ता ज्ञानधन शुक योगींद्र ॥1॥
पिंपलांतलीं प्रकाशघन। ते कालींची मूर्ती जाण।
निज तेजें देदीप्यमान। दिशा परिपूर्ण तेणें तेजें ॥2॥
ना धूम ना इंगल। आरक्ततेवीण अतिज्वाल।
तैशी कृष्णमूर्ति तेजाल। प्रकाशप्रबल अतिदीप्त ॥3॥
कृष्णमूर्तीचे निजप्रभा। लोपली रविचंद्रांची शोभा।
शून्यत्वें ठाव नाहीं नभा। सच्चिदानंद गाभा साकार ॥4॥
चैतन्य तेजें तनु मुसावली। शांतिरसाची वोतिली।
चतुर्भु जत्वें रूपा आली। तेणें दिशांची गेली कालिमा ॥5॥
कृष्णमूर्ति स्वच्छ स्वयंभ। अंगीं प्रत्यंगीं बिंबले नभ।
तेणें घनश्यामता शोभ। अतिसुप्रभ साजिरी ॥6॥
आधींच नेटका श्रीकृष्ण। वरी घनश्यामता बाणली पूर्ण।
तेणें मुसावलें बरवेपण। लागलें ध्यान नारीनरां ॥7॥
नरनारी वापुड्या किती। संन्यासी भुलोनि ठाती।
विरक्त वेधले परमार्थी। देखोनि मूर्ती कृष्णाची ॥8॥
देखतां श्रीकृष्णदर्शन। शिवासी लागलें नित्य धान।
पार्वत्याही निजमन। कृष्णार्पण स्वयें केलें ॥9॥

श्रीकृष्णा का ध्यान

श्रोताओ ! सावधान होकर सुनो। पांच श्लोको में श्रीकृष्ण का ध्यान यहां वर्णित किया गया है जिसके वक्ता हैं ज्ञानघन योगेन्द्र शुक मुनि ॥1 ॥

पीपल में जो प्रकाशघन है उसे काली की मूर्ति समझो जो अपने तेज से देदीप्यमान है और सभी दिशाएं उसके तेज से परिपूर्ण हैं ॥2 ॥

इसमें न धुआं है, न अंगारे हैं और लालिमा के बिना भी अति तेजस्वी कृष्णमूर्ति है जो अति दीप्त है और प्रबल प्रकाश से युक्त है ॥3 ॥

कृष्ण मूर्ति की अपनी प्रभा देखकर सूर्य-चन्द्र की शोभा भी लुप्त हो गई है। शून्यता का तो आकाश तक पता नहीं चलता। सच्चिदानन्द ही उसका साकार मर्म है ॥4 ॥

चैतन्य तेज से उसके तन का सांचा बनाया गया है और उसमें शांत रस ढाला गया है। वह चतुर्भुज रूप पर गई है जिनसे चारों दिशाओं की कालिमा समाप्त हो गई है ॥5 ॥

कृष्ण मूर्ति स्वच्छ स्वयं है। अंग-प्रत्यंग में नभ बिंबित है। उसमें घन की श्यामता शोभित है, जो अत्यन्त सुप्रभामयी और सुन्दर है ॥6 ॥

वैसे श्रीकृष्ण स्वयं सुन्दर हैं। उनमें घन की श्यामता पूरी तरह बिंधी हुई है जिससे सुघड़ता मूर्तिमान् हो उठी है और नारी-नर सब उसमें ध्यान लगाये हुए हैं ॥7 ॥

नर-नारी बेचारों की क्या गिनती, उनकी रूप मोहिनी पर तो संन्यासी भी लुब्ध हो जाते हैं। कृष्ण की मूर्ति देखकर विरक्त परमार्थ में खो जाते हैं ॥8 ॥

श्रीकृष्ण का दर्शन पाकर शिव नित्य ध्यानमग्न हो जाते हैं। पार्वतियां भी स्वयं अपना मन कृष्णार्पण करती हैं ॥9 ॥

ऐसें अंगींचें बरवेपण। त्याहीवरी हास्यवदन।
साजिरें राजीव लोचन। आकर्ण आरक्त ॥10॥
मस्तकींचे नीलालक। सुगंध सुमनीं गुंफिले चोख।
कृष्णीं कृष्णरूप मधूक। कृष्णकेशीं देख विगुंतले ॥11॥
स्फुरत्कुंडलें मकराकार। ऐसे वर्णिती कविवर।
परी तीं आकारीं निर्विकार। श्रवणें विकार मावलती ॥12॥
फावलिया कृष्ण श्रवण। आकारविकारां बोलवण।
तें श्रीकृष्ण श्रवणीं पूर्ण। देदीप्यमान कुंडलें ॥13॥
तप्त सुवर्णासमान ! उभय पीतांबर जाण।
एक कासे विराजमान। दुजा प्रावरण भोभत ॥14॥
ब्रह्मण्यदेवो श्रीकृष्ण। लक्ष्मी डावलूनि पूर्ण।
दक्षिणांगीं विंप्रचरण। श्रीवत्सलांछन गोविंद ॥15॥
कंठीं कौस्तुभ सोज्वला। कंठीं मिरवे रत्नमेखला।
ब्रह्मसूत्र रुले गळां। आपाद वनमाला शोभत ॥16॥
माथां मुकुटाचें खेंवणें। लखलखीत अनर्घ्यं रत्नें।
कीर्तिमुखें बाहुभूषणें। वीरकंकणें विचित्रें ॥17॥
मंत्र उपास्ती उपासका। तैशा कराग्रीं करमुद्रिका।
त्रिकोण षट्‌कर्णकर्णिका। जडित मणिका शास्त्रोक्त ॥18॥
वैजयंतीचा सोहला। पदक एकावली गळां।
नानारत्नें हार मुक्ताफला। तुलशीमाला सुगंधा ॥19॥
दोनी मोतीलग पदर। रत्नें जडित पीतांबर।
किंकिणी क्षुद्रघंटा विचित्र। मनोहर शोभती ॥20॥

उनके अंग-अंग की सुन्दरता ही ऐसी है। उस पर उनका चेहरा मुस्कराता हुआ है। उनके कमल जैसे मोहक नयन कानों तक फैले आरक्त हैं ॥10 ॥

मस्तक पर नीले बाल सुगंधित फूलों से सुगुंफित हैं। कृष्णरूप मधूक पुष्प कृष्ण के केशों में गुंथे हुए हैं ॥11 ॥

उनके स्फुरत्कुंडल मकर की आकृति के हैं, ऐसा कविवर कहते हैं। परन्तु उस आकार में निर्विकार हैं, 'श्रवण' से विकार मुरझा जाते हैं ॥12 ॥

जिसे श्रीकृष्ण का श्रवण प्राप्त करने का सौभाग्य मिल गया, उसके आकार-विकार सब मिट जाते हैं। वे श्रीकृष्ण के श्रवण में देदीप्यमान कुंडल पूर्णता प्राप्त कर चुके हैं ॥13 ॥

तप्त सुवर्ण के समान उनके दो 'पीताम्बर हैं जिनमें से एक उपरन की तरह कंधे से नीचे तक है और दूसरा कटि से बंधा अधोवस्त्र है ॥14 ॥

ब्रह्मण्यदेव श्रीकृष्ण के वाम अंग पर लक्ष्मी विराजमान् हैं। उनके दक्षिण के अंग पर विप्रचरण श्रीवत्सलांछन अंकित है, ऐसा है वह गोविंद ॥15 ॥

कंठ में दमदमाती कौस्तुभ मणि है। रत्न-मेखला भी है और गले में ब्रह्म-सूत्र झूल रहा है। पैरों तक लटकी वनमाला अपनी जगह सुशोभित है ॥16 ॥

सिर पर मुकुट शोभायमान है जिसमें चमचमाते हुए अनर्घ्य रत्न जड़े हैं, कीर्ति-मुख बाहु के भूषण हैं, और विचित्र वीर कंकण धारण किये हैं ॥17 ॥

मंत्र मानो उपासक की उपासना करते हों, वैसे उंगलियों में कर-मुद्रिकाएं हैं जो त्रिकोण-षटकर्ण-कर्णिका हैं शौर शास्त्रोक्त माणिक्यजटित हैं ॥18 ॥

वैजयंती की शोभा अपनी ही है। पदक एकावली गले में है। नाना-रत्नों के हार मुक्ताफल के हैं और तुलसीमाला सुगंधित है ॥19 ॥

दोनों मोतियों की लड़ियां हैं, रत्नजटित पीताम्बर है, विचित्र मनोहर किंकणी, क्षुद्र घंटा शोभायमान हैं ॥20 ॥

वांकी अंदुवांचां गजर। चरणीं नुपुरांचा झणत्कार।
रुले बिरुदांचा तोडर। मनोहर हरिचरण ॥21॥
रातोत्पला कठिणपण। त्याहूनि सुकुमार चरण।
घवघवीत श्रीकृष्ण। शोभा संपूर्ण शोभत ॥22॥
शंख चक्र गदा कमल। मूर्तिमंत आयुधें सकल।
आश्रुनियां पिंपल। बैसला केवल वीरासनीं ॥23॥
त्या वीरासनाचें लक्षण। तलींसूनी दक्षिण चरण।
त्याचे मांडीवरी जाण। वामचरण आलोहित ॥24॥
लाजवूनि संध्या रागासी। उणें आणोनि बालसूर्यासी।
चरणशोमा हृषीकेशीं। अतिदीप्तीसी आरक्त ॥25॥

(भागवत, अध्याय तिसाव्वा, ओव्या 188-212)

कड़ों में अंदुव बजते हैं, चरणों में नूपुरों की झंकार है। मनोहर हरिचरणों में बिरुदों का तोड़ा सोहता है ॥21 ॥

रक्तकमल में भी कठिनता है, उससे भी अधिक सुकुमार हरिचरण हैं। श्रीकृष्ण की शोभा संपूर्णतः प्रकाशमान एवं तेजमयी है ॥22 ॥

शंख, चक्र, गदा, कमल ये सब मूर्तिमंत आयुध हैं। पीपल के आश्रय से श्रीकृष्ण केवल वीरासन में बैठे हैं ॥23 ॥

उस वीरासन की स्थिति यह है कि उनका दक्षिण चरण उठाकर उसकी जंघा पर वाम चरण आलोड़ित है ॥24 ॥

हृषीकेश की चरण शोभा संध्या राग को लजाने वाली और बालसूर्य को भी मंद करने वाली है क्योंकि वे चरण आरक्त और अतिदीप्त है ॥25 ॥

(भागवत, तीसवां अध्याय, ओवियां 188-212)

ग्रन्थ समाप्ति

ऐसें देवोनि वरदान। हृदयीं आलिगी जनार्दन।
म्हणे या ग्रंथीं ज्याचें भजन। त्याचें भवबंधन मी छेदी ॥1 ॥
हेही अलंकार पदवी। स्वयें जनार्दन बोलवी।
एवं कृपा केली जनार्दनदेवीं। हे ठेवाठेवी मी नेणें ।2 ॥
थोर भाग्ये मी पुरता। पूर्ण कृपा केली श्रोतां।
समूल सांभालिलें ग्रन्था। अर्थपरमार्था समसाम्ये ॥3 ॥
पुढें या ग्रंथाचें व्याख्यान। जेथ होईल कथा-कथन।
तेथ द्यावें अवधान। हे प्रार्थन दीनाचें ॥4 ॥
हे ऐकोनि प्रार्थना जाण। संतोषले श्रोतेजन। हे कथा
आमुचें निजजीवन। जेथ व्याख्यान तेथ आम्हो ॥5 ॥
ऐसे तुष्टले श्रोतेजन। वरदें तुष्टला श्रीजनार्दन।
एका जनार्दन शरण। ग्रंथ संपूर्ण जाहला ॥6 ॥
वाराणसी महामुक्तिक्षेत्र। विक्रमशक वृष संवत्सर।
शके सोलाशे तिसोत्तर। टीका एकाकार जनार्दनकृपा ॥7 ॥
महामंगल कार्तिक मासीं। शुक्लपक्ष पूर्णिमेसी। सोमवार
शिवयोगेसी। टीका एकादशी समाप्त जाहली ॥8 ॥

ग्रन्थ समाप्ति

ऐसा वरदान देकर जनार्दन हृदय से लगाकर आलिंगन देते हैं और कहते हैं कि जिसका मन इस ग्रन्थ के भजन में है, उसका भव-बंधन मैं स्वयं नष्ट कर देता हूं ॥1 ॥

यह आलंकारिक पदवी है। वस्तुतः जो कुछ मैं बोलता हूं, वह तो स्वयं जनार्दन बुलवाता है। जनार्दन देव ने तो ऐसी कृपा की है। अव बाकी क्या कहां रखना है, यह सब मैं क्या जानूं ॥2 ॥

मैं बहुत भाग्यवान् हूं। जनार्दन ने ही नहीं, श्रोताओं ने भी पूर्ण कृपा की है। उन्होंने सारे ग्रन्थ को समूल संभाल लिया है और इसके अर्थ और परमार्थ को सम-भाव से ग्रहण किया है ॥3 ॥

आगे चलकर इस ग्रंथ का जहां भी पारायण हो, कथा-कथन हो या पठन-पाठन हो, वहां चित्त दीजिए, यही इस दीन की प्रार्थना है ॥4 ॥

मेरी यह प्रार्थना सुनकर श्रोतागण संतुष्ट हुए। यह कथा हमारा सम्पूर्ण जीवन ही है। जहां इस ग्रंथ का वाचन, पाठन, व्याख्यान होगा, वहीं हम होंगे ॥5 ॥

इस प्रकार श्रोताजन भी सन्तुष्ट हुए और वरद श्री जनार्दन भी सन्तुष्ट हुए। अब एका जनार्दन आपकी शरण है क्योंकि ग्रन्थ सम्पूर्ण हो गया ॥16 ॥

महामुक्ति क्षेत्र वाराणसी में विक्रम शक वृष संवत्सर सोलह सौ तिहत्तर में जनार्दन की कृपा से यह टीका एकरूप हो सकी है ॥7 ॥

महामंगल कार्तिक मास के शुक्ल पक्ष की पूर्णिमा को सोमवार के दिन शिव योग से यह एकादशी टीका सम्पूर्ण हुई ॥8 ॥

स्वदेशीवा शक संवत्सर। दंडकारण्य श्रीरामक्षेत्र।
प्रतिष्ठान गोदावरी तीर। येथील उच्चार तो ऐका ॥9 ॥
शालिवाहन शक वैभव। संख्या चौदाशें पंचाण्णव।
श्रीमुख संवत्सराचें नांव। टोका अपूर्व तैं जाहलीं ॥10 ॥
एवं एकादशाची टीका। जनार्दन कृपा करी एका। ते हे
उभय देश आवांका। बोलिला नेटका शकसंवत्सर ॥11 ॥
पंधरा शतें श्लोक सुरस। एकतीस अध्याय ज्ञानरहस्य।
स्वमुखें बोलिला हृषीकेश। एकाकी एकादश
दुजेनिविण ॥12 ॥
एकादश म्हणिजे एकएक। तेथ दुजेपणाचा न रिघे अंक।
तेचि एकादश इंद्रियीं सुख। एकत्वें अलोकिक निडारलें
पूर्ण ॥13 ॥
त्या एकादशाची टीका। एका रस करी एका। ते एकत्वाच्या निजसुखा।
फलेल साधकां जनार्दनकृपा ॥14 ॥
हा ज्ञानगर्भ चिद्रत्न। यथार्थ अर्थविला संपूर्ण। माझेंनि
नांवें श्रीजनार्दन। ग्रंथकर्ता आपण स्वयें जाहला ॥15 ॥
एका जनार्दना शरण। जनार्दना पढियें एक पण।
जेवीं कां सूर्याचे किरण। सूर्यतेजें पूर्ण निरसी तम ॥16 ॥
तेवीं जनार्दनतेजें जाण। प्रकाशलें एकपण।
तेणें प्रकाशें ग्रंथ संपूर्ण। जनार्दनार्पण एकपणेंसी ॥17 ॥
जनी जनार्दन एक। जाणे तो सुटला नि:शेख।
हेचि जाणोनियां लोक। गुंतले अनेक भवचक्रीं ॥18 ॥

(भागवत, अध्याय एकतिसावा, ओव्या 546-563)

स्वदेशी शक संवत्सर, दण्डकारण्य में श्री राम क्षेत्र के प्रतिष्ठान गोदावरी के किनारे जो रचा गया, उसका विवरण सुनो ॥9॥

शालिवाहन शक सम्वत् चौदह सौ पिचानवे में श्रीमुख संवत्सर में यह अपूर्व टीका पूरी हुई ॥10॥

इस प्रकार जनार्दन ने 'एका' पर कृपा की तो एकादश अध्याय की टीका पूर्ण हुई। इसकी समाप्ति का दोनों स्थानों का ठीक शक संवत्सर बोल दिया ॥11॥

इसमें पन्द्रह सौ सरस श्लोक, ज्ञान रहस्य के इकतीस अध्याय सब हृषीकेश ने अपने मुख से बोले हैं। दूसरे के बिना एकादश भागवत एकाकी है ॥12॥

एकादश का अर्थ है एक के साथ एक। वहां दूसरे के लिए स्थान कहां है। वही एकादश इन्द्रियों के सुख और अलौकिक एकत्व से पूरी तरह परिपक्व है ॥13॥

उस एकादश की टीका एका (एकनाथ) ने ऐसे एकरस होकर की है कि उसमें साधकों को जनार्दन की कृपा फलित मिलेगी और वे एकत्व का निज सुख अनुभव करेंगे ॥14॥

यह ज्ञान से परिपूर्ण चिद्रत्न है जिसमें यथार्थ को सम्पूर्ण रूप से अर्थमय बना दिया है। इसमें मेरा तो सिर्फ नाम है—श्री जनार्दन स्वयं ग्रंथकर्ता बन गए हैं ॥15॥

एकनाथ तो जनार्दन की शरण में है। इसके माध्यम से एका का जनार्दन के साथ एकत्व सम्भव हुआ है जैसे सूर्य की किरणें सूर्य के तेज से सम्पूर्ण अन्धकार को समाप्त कर देती हैं।16॥

उसी प्रकार जनार्दन के तेज से एकत्व प्रकाशित हुआ है। उसी के प्रकाश से उसी एकत्व भाव के कारण सम्पूर्ण ग्रन्थ जनार्दन-अर्पण हुआ है ॥17॥

जनी और जनार्दन एक ही हैं, जो यह जान-समझ लेता है, वह निश्शेष छूट जाता है (मुक्त हो जाता है)। यह न जानने पर लोग अनेक भवचक्रों में उलझ हुए हैं ॥18॥

(भागवत, अध्याय 31, ओवी 546-563)

भारूड

विंचू

विंचू चावला वृश्चिक चावला।
काम क्रोध विंचू चावला।
तम घाम अंगासि आला ॥ध्रु०॥
पंचप्राण व्याकुल झाला।
त्याने प्राण माझा चालिला।
सर्वांगाचा दाह झाला ॥1 ॥
मनुष्य दृंगकी अति दारुण।
मज नांगा मारिला जिने।
सर्वंगी वेदना जाण। त्या दृंग कीची ॥2 ॥
ह्या विंचवाला उतारा।
तमोगुण मागे सारा।
सत्त्वगुण लावा अंगारा।
विंचू दृंगकी उतरे झरझरा ॥3 ॥
सत्य उतारा येइन।
अवघा सारिला तमोगुण।
किंचित राहिसी फुणफुण।
शांत केसी जनार्दनें ॥4 ॥

उलटवासियां

बिच्छू

बिच्छू काटा वृश्चिक काटा।
काम क्रोध का बिच्छू काटा।
तमोगुण का पसीना बदन में आया ॥ध्रु०॥
पांचों प्राण व्याकुल हुए।
उससे मेरी जान निकल रही है।
सारे बदन में आग लग गई ॥1 ॥
मनुष्य बीछी बड़ा ही दारुण।
जिसने मुझे डंक मारा है।
सारे बदन में वेदना जागी। उस बीछी की ॥2 ॥
इस बिच्छू को उतारो।
तमोगुण पीछे हटाओ।
सत्त्वगुण की राख लगाओ।
बिच्छू विष तुरत उतरता है ॥3 ॥
सत्त्व का 'उतारा' लाकर
सारा तमोगुण दूर किया
थोड़ी सी जो जलन बची थी
वह जनार्दन ने शांत की ॥4 ॥

रोडगा

सत्त्वर पाव ग मला। भवानी आई।
रोडगा वाहिन तुला ॥ध्रु०॥
सासरा माझा गावीं गेला।
तिकडंच खयवी त्याला ॥1॥
सासू माझी फार गांजिते।
मरियाई येइं दे तिला ॥2॥
जाइ माझी फडफड बोलती।
बोडकी कर ग तिला ॥3॥
नणदेचं पोर किरकिर करतं।
खरूज येइ दे त्याला ॥4॥
दादला मारून आहुति देईन।
मोककी कर ग मला ॥5॥
एका जनार्दनीं सगकेच जाई दे।
एकरी राहुं दे मला ॥6॥

रोटा

जल्दी तू मुझपर प्रसन्न हो। हे भवानी माता !
मैं तुझे रोटा चढ़ाऊंगा ॥ध्रु०॥

ससुर मेरा गांव में गया
उसे उधर ही मर जाने दे ॥1 ॥
सास मेरी बहुत तंग करती है।
उसे मरी आई, आने दे ॥2 ॥
जेठानी मुझसे फडाफड बोलती है।
उसे जल्दी से विधवा कर दे ॥3 ॥
ननद का बेटा बहुत रोता है।
उसे खाज होने दे ॥4 ॥
पति को मारकर आहुति दूंगी
मुझे मुक्त कर दे ॥5 ॥
एका जनार्दन का कहता है सब जाने दो
मुझे अकेली ही रहने दो ॥6 ॥

जमाखर्च

ऐका जमा खर्चा ची मांडणी।
नादेह ज्योति धरुनी।
बाकी साल हल्ली उगवणी।
शून्य घरीं संसारा ॥1 ॥

संवत लक्ष चौऱ्यासी योनी।
बाकी ब्याज काया बैरीज मिकूनि।
सावधान गुरुचरणीं।
वसूल केला नरदेह ॥2 ॥

नरदेह साल मजकूर।
रुजुसाल गुदस्त पूर्वसंस्कार।
सद्गुरुकृपा निर्विकार।
सालें भरली उगवसीं जी ॥3 ॥

संचित क्रियमाण विचार।
पुण्य पाप स्वर्ग नरक द्वार।
वेद शास्त्र पुराण निर्धार।
स्वहित सार देखिलेंचि ॥4 ॥

अहंभाव बाकी ठेविली।
तो सद्बुद्धिने नाहीझी केली।

हिसाब

सुनिये जमा-खर्च का हिसाब
नरदेह जमा की ओर रखो
शेष वर्ष अभी वसूल करना है
शून्य घर-संसार में ॥1 ॥

संवत् चौरासी लाख योनि
बाकी ब्याज काया जोड़ मिला लो
सावधान हो गुरुचरण में
वसूल किया नरदेह ॥2 ॥

नरदेह वार्षिक लेखा
आज का वर्ष पुराने वर्ष के संस्कार
सद्गुरु कृपा निर्विकार
साल-साल वह उगाही जाती है ॥3 ॥

संचित क्रियमाण विचार
पुण्य-पाप, स्वर्ग-नरक द्वार
वेद-शास्त्र-पुराण से कर निर्धार
स्वहित सार देखा ही है ॥4 ॥

अहंभाव बचा रखा
वह सद्बुद्धि से नष्ट किया

विवेक विचाराने पाहिली।
वसूल केली नरदेही ॥5॥
जन्म जातक व्यवहार।
हा तम संसृतीचा श्रृंगार।
प्रेम हुजूर सुंदराक्षर।
सरस्वती वर जाला की जी ॥6॥
जातक जन्म मोफाई केलें।
सुख दुःख इच्छा फलें ने मिलीं।
तें गुह्य मुखीं मुश्रफीं आले
शिल्लक सुटली ब्रह्मादिकांची ॥7॥
स्वधर्म खर्च केला।
फल त्याग रुजू पाहिला।
ब्रह्मार्पण मजुरा केला॥
फांटा ओढिला शून्याचा ॥8॥
विचार सुरनिस नेमाचे।
सावधान एक चित्ताचें।
वर्म सुरू केलें सद्गुरुचें।
नांव अविद्येचे त्याजिलेंजी ॥9॥
विवेक आत्मवर्ग स्वामीचा।
वडोल बंधू सत्त्वजीचा।
झाडा पाहिला प्रवृत्तीचा।
अंतर्यामी हरी हरी ॥10॥
ज्ञान चक्षूने अति सुरेख।
नित्य स्वरूप पाहिले आलेख।
देखोनि नरदेह देखणा।
झाला नरदेह,जन्मासि आला ॥11॥

विवेक विचार से देखकर
नरदेह में वह वसूल पाया ॥5 ॥

जन्म जातक व्यवहार
यह तेरी संसृति का श्रृंगार है
प्रेम हुजूर सुंदराक्षर है
सरस्वती वर हुआ है जी ॥6 ॥

जातक जन्म मुफ्त में गया
सुख-दुःख-इच्छाफल से निर्मित
वह गुह्य मुख में मुश्रफी आया
शेष बचत छूटी ब्रह्मादिक की ॥7 ॥

स्वधर्म खर्च किया
फल त्याग रुजू देखा
ब्रह्मार्पण 'मजुरा' किया
ऊपर से शून्य की रेखा खींच दी ॥8 ॥

विचार सुरनीस नियम के
सावधान एक चित्त का
मार्ग अपनाया सद्गुरु का
नाम अविद्या का तज दिया जी ॥9 ॥

विवेक आत्मवर्ग स्वामी का
बड़ा भाई सत्त्व जी का
पहली प्रवृत्ति की हिसाब-जांच
अन्तर्यामी हरी हरी करता है ॥10 ॥

ज्ञान-चक्षुओं से अति सुरेख
नित्य स्वरूप देखे आलेख
देखकर नरदेह सुंदर
नरदेह हुआ जन्म लिया ॥11 ॥

अज्ञान बाकी झाडा झाला।
पुढे शिलकेसि चुकविला।
जमाखर्च स्वानंदाचा झाला।
जमाखर्च संसार बाटो ॥12॥

नाहीं मोक्षबंधन सदेहो।
गुरुकृपा स्वानुभवो।
देखोनि नरदेह सदेहो।
अनुभव जमाखर्च जनार्दनी ॥13॥

अज्ञान बचा बाकी जांच की
आगे बचत में गलत की
जमाखर्च स्वानंद का हुआ
जमाखर्च संसार देखे ॥12॥

नहीं मोक्षबंधन सदेह,
गुरुकृपा स्वानुभव से,
देखकर नरदेह सदेह
अनुभव जमाखर्च जनार्दन में ॥13॥

महारीण

पाया पडसें महारीण आली।
महारणीचे बोल ऐका ॥ध्रु०॥
गाव वसाड पाडू नका।
हकनाक बसेल धक्का।
हतुकें तुम्हीं मनीं तर्का ॥1॥
ब्रह्मा विष्णु दोन्हीं बाला।
महाकालाचे हे काल।
मज देखतां गोंधक।
ते मज महारिणी पासोनि ॥2॥
एका जनार्दनी महारीण झालें।
सद्गुरुला शरण गेलें।
त्याने आपुले स्वहित केलें।
जन्म मरण विसरलें ॥3॥

महरी

पैरों पडती हूं महरी आई
        महरी की बात सुनो ॥ध्रु०॥

गांव निर्जन मत बनाओ
हकनाहक धक्का लग जायेगा
तुम इतना मन में तर्क करो ॥1 ॥

ब्रह्मा विष्णु दो बालक
महाकाल के ये काल
मुझे देखकर घबड़ाते हैं
वे मुझ महरी (अछूत स्त्री) से हैं ॥2 ॥

एका जनार्दन का कहता है महरी हूं
सद्गुरु की शरण गई हूं
उसने मेरा स्वहित किया
        जन्म-मरण का फेरा भूल गई ॥3 ॥

उलटो खूण

नाथाचे घरची उलटीच खूण।
पाण्याला मोठी लागली तहान ॥ध्रु०॥

वाई एक मी नवल देखिलें
वलचणीचे पाणी आढयाला गेले ॥1 ॥

हातात घागर बाहेर पाणी।
पाण्यास पाणी आले बंधोनी ॥2 ॥

शेत पेरिलें त्यासी कणीस आलें।
राखण वाल्यासी त्याने गिकिले ॥3 ॥
मडके खाइन भात राकून दिघला।

बकऱ्याचे पुढं देव कापिला ॥4 ॥
श्रीधरस्वामी म्हणे मार्ग हा उलटा
जाणेल तोचि गुरुचा बेटा ॥5 ॥

उल्टा चिह्न

नाथ के घर में उलटे चिह्न हैं।
पानी को बड़ी प्यास लगी ॥ध्रु०॥

सखी, मैंने एक अचरज देखा
छत से टपकता पानी उलटा छत पर गया ॥1 ॥

हाथों में गगरी पानी बाहर
पानी को पानी पकड़कर लाया ॥2 ॥

खेत बोया, उसमें भुट्टा आया
उस भुट्टे ने रखवाले को निगल डाला ॥3 ॥

मटका खाया, भात छोड़ दिया
बकरे के आगे देव को काटा है ॥4 ॥

श्रीधर स्वामी कहते हैं, यह उलटा मार्ग है
जो बूझेगा, वही सच्चा गुरु का बेटा है ॥5 ॥

कंकाई

निर्गुण निराकार दादा माहूर माझे गांव।
शकुन सांगाव मा आलें यमाई माझे नांव ॥
तमें नगरी बस्ती केली मी तरी आलें एके भावें।
ऐसा माझा शकुन दादा चित्त देइन ऐकावें ॥1 ॥

कैकाय कैकाय दुरील माझा देश।
शकुन सांगावमास आलें कलियुगास।
ब्रह्मा विष्णु पुसती शकुन आम्हीस।
ऐसे निधाने आम्हीं सांगितले तयास ॥2 ॥

धरित्री आकाश मज देखतां होती।
ब्रह्मा विष्णु महेश मज देखतां उपजती ॥
जेथे आहे शिव तेथे आहे शक्ती ॥3 ॥

दाही अवतार मज देखता झाले।
अकरा ही रुद्र दादा होइनिया गेले ॥
ऋषि मुनि गंधर्व मज देखता ही झाले।
ब्रह्मा विष्णु महेश मज देखता निमाले ॥4 ॥

अट्ठावीस युगे झाली चक्रावती।
कौरव पांडव गेले दादा बहुनेणो किती ॥
छपन्न यादव गेले कोण पंथी।
तुम्ही आम्ही जादूं मागे कोणी न राहाती ॥5 ॥

भविष्य कथन

निर्गुण निराकार दादा माहूर मेरा गांव।
शकुन कहने मैं आई, यमाई मेरा नाम॥
उसने नगर में बस्ती बनाई, मैं भी आई एक भाव से।
ऐसा मेरा शकुन है दादा चित्त देकर सुनो॥1॥

कैकाय कैकाय दूर है मेरा देश।
शकुन कहने के लिए आई हूं कलियुग में।
ब्रह्मा-विष्णु पूछते हैं, शकुन हम से हो।
ऐसा निदान हमने उनको बताया है॥2॥

धरती-आकाश मेरे देखते-देखते बचे।
ब्रह्मा-विष्णु-महेश मेरे देखते-देखते उपजे।
जहां है शिव, वहां है शक्ति॥3॥

दस अवतार मेरे देखते-देखते हुए।
ग्यारह रुद्र दादा यों हो गये॥
ऋषि-मुनि-गंधर्व सब मेरे देखते हुए
ब्रह्मा-विष्णु-महेश मेरे देखते मिट गये॥4॥

अट्ठाईस युग बीते और चक्कर काटते हैं
कौरव-पांडव गये दादा कितने कितने नाम ले
छप्पन यादव गये किस किस पंथ से
तुम और हम जायेंगे पीछे कोई नहीं रहेगा॥5॥

पृथ्वी मधे दादा एक विपरीत होईल।
बहीण भावा दोघाजणा विवाह लागेल।
पाच वर्षाची बाला भ्रतारा मागेल।
साता वर्षाची नारी गर्भीण राहील ॥6॥

आणिक एक दादा ऐकावा बोल।
पृथ्वीवरता वारा थोर झुंझाट सुटेल॥
थोर-थोर पर्वत दादा उडाने जातील।
अठराही जाती एके ठिकाणी येतील ॥7॥

कलियुगाची दादा ऐकावी थोरी।
पुत्र होईल पित्याचा वैरी॥
भ्रतार सोडुनि घरोघरी फिरतील नारी।
ऐसा माझा शकुन दादा ऐका निर्धारी ॥8॥

आणिक एक दादा माझें ऐका उत्तर।
आकार जाईल अथवा होईल निराकार॥
जाती चंद्रसूर्य मग पडेल अंधार।
धरित्री आकाश जाईल मग कैचा दिनकर ॥9॥

आणिक एक माजा शकुन ऐकावा संतीं।
तुम्हीं मूलपीठी राहणे नांव माझे आदि शक्ती॥
अंबेचा व्यवहार आहे पाहे आदिशक्ती
एका जनार्दनी प्रसन्न झाली आदि शक्ती ॥10॥

पृथ्वी पर दादा ऐसा विपरीत होगा।
बहन-भाई दोनों का विवाह बनेगा॥
पांच बरस की बालिका पति मांगेगी।
सात बरस की नारी गर्भवती होगी ॥6॥

और एक दादा सुनो ये बोल।
पृथ्वी पर हवा जोरों से छुटेगी।
बड़े-बड़े पर्वत दादा उड़ जायेंगे।
अठारह जात एक जगह आ जायेंगे ॥7॥

कलियुग की दादा सुनो बड़ाई।
पुत्र होगा पिता का बैरी॥
पति को छोड़कर घर-घर घूमेगी नारी।
ऐसा मेरा शकुन दादा सुनो निर्धार से ॥8॥

और एक दादा सुनो मेरा उत्तर।
आकार जायेगा या होगा निराकार॥
चंद्र-सूर्य जायेंगे, फिर पड़ेगा अंधकार।
धरित्री-आकाश जायेंगे फिर कैसा दिनकर? ॥9॥

और एक मेरा शकुन सुनो हो संतो,
तुम मूल पीठ पर रहो नाम मेरा आदिशक्ति॥
अंबा का व्यवहार है देखती है आदिशक्ति
एका जनार्दन का कहे प्रसन्न हुई आदिशक्ति ॥10॥

भट्टा

अशी ही भट्टा।
भल्याभल्यासि लाविला बट्टा ॥ध्रु०॥

भट्टा गेली शंभोपासी।
कलंक लाविला चंद्रासी॥
भगें पीडिलीं इंद्रासी।
बरी नव्हे भट्टा ॥1॥

भल्याभल्यासि लाविला बट्टा॥
भट्टे ने मेला दुर्योधन।
भस्मासुर गेला भस्म होउन॥
वाली हो मुकला अपुला प्राण।
अशी ही भट्टा ॥2॥

भट्टा रावणाने केली।
नगरी सोन्याची बुडविली॥
भट्टा ज्यासि त्यासि भोविंली
बरी नव्हे भट्टा ॥3॥

अरण्यांत होता भृगु ऋषी।
भट्टा गेली त्याचे पासीं॥
भुलवुनी आणिला अयोध्येसी।
बरी नव्हे भट्टा ॥4॥

ठट्ठा-मजाक

ऐसी यह ठट्ठा है
अच्छे अच्छों को इसने लगाया बट्टा है ॥ध्रु०॥

ठट्ठा गई शंभु के पास
उसने कलंक लगा दिया चंद्रमा को
इन्द्र के बदन पर सौ 'भग' (जख्म) दिखाये
यह ठट्ठा अच्छी नहीं ॥1 ॥

इसी मजाक में दुर्योधन मरा
भस्मासुर भस्म हो गया
बाली भी अपने प्राण गंवा बैठा
ऐसी यह ठट्ठा है ॥2 ॥

मजाक रावण ने किया
सोने की लंका नष्ट हो गयी।
यह मजाक जो करता है उसे ही ले डूबता है
अच्छी नहीं ठट्ठा ॥3 ॥

जंगल में भृगु ऋषि था
ठट्ठा उसके पास गई।
उसे माया में डालकर अयोध्या ले गई
अच्छी नहीं ठट्ठा ॥4 ॥

विराट राजा चा मेहुणा।
नाम तयाचे कीचक जाणा॥
त्याने घेतले बहुतांचे प्राणां।
बरी नव्हे भट्टा॥5॥

भट्टेयासुन सुटले चौघे जण।
शुक्र भीष्म आणि हनुमान॥
चौथा कार्तिक स्वामी जाण।
त्याना नाही भट्टा॥6॥

एका जनार्दन म्हणे सर्वांला।
भट्टेला भिइन तुम्ही चाला॥
नाहीता लेईल नरककुंडाला।
अशी ही भट्टा॥7॥

विराट राजा का साला
नाम उसका था कीचक
उसने कई लोगों के प्राण ले लिए
ऐसी ठट्ठा अच्छी नहीं ॥5 ॥

इस मजाक से चार लोग मुक्त हैं
शुक्र, भीष्म और हनुमान
चौथा कार्तिक स्वामी जानो
उनका मजाक नहीं होता ॥6 ॥

एका जनार्दन का सबसे कहता है
ठट्ठा से डरकर चलो।
नहीं तो नरक कुंड में वह ले जायेगी
ऐसी यह ठट्ठा है ॥7 ॥

पंचरंगो गौलणा

आल्या पांच गौलणी
पांच रंगाचे शृंगार करुनी ॥
पहिली गौलण रंग सफेत।
जशी चंद्राची ज्योत।
गगनीं चांदणी लखलखीत ॥
ऐशा आल्या पांच गौलणी ॥1 ॥
दुसरी गौलण भोली भाली।
अंगी बुट्टीदार चोली।
एक लहान तनु उमर कोवली ॥
जशी चाफ्याची कली ॥2 ॥
तिसरी गौलण रंग काला।
नेसुनि आली चंद्रकला।
काके काज ल लेउनि डोकां।
आली राजसबाला ॥3 ॥
चौथी गौलण रंग लाल।
जसें डाकिंबाचे फूल।
पांचवी गौलण ह्रिरवा रंग।
ह्रिरला कंकणाचा पाहा रंग।
आरशीत जडले भिंग।
फगडी खेलती कृष्णा संग ॥4 ॥

पांच रंग की ग्वालिनें

पांच ग्वालिनें आईं
पांच रंगों का कर शृंगार।
पहली ग्वालिन सफेद रंग की
जैसे चंद्रमा की ज्योती
गगन में चांदनी चमक रही
ऐसी आई पांच ग्वालिनें ॥1॥
दूसरी ग्वालिन भोली भाली
बदन पर बूटेदार चोली
एक छोटी-सी तनु में कोमल वय की
जैसे चंपा की कली ॥2॥
तीसरी ग्वालिन रंग काला
पहनकर आई काली 'चंद्रकला' (साड़ी)
काला काजल आंखों में लगा
राजसी बाला आई ॥3॥
चौथी ग्वालिन रंग लाल
जैसे हो अनार का फूल
पांचवीं ग्वालिन हरे रंग की
हरा चूडे का देखो रंग
जैसे आईने में जड़ी हो कांच
ये कृष्ण के साथ रास खेलती हैं ॥4॥

आदिमायेवर भारूड

दार उघड, बया, दार उघड ॥
उदो उदो ऐसा शब्द ग़रजतो ।
काम-क्रोध दैत्यावर कोरडा कडाकडा वाजतो ।
ज्ञान पोत पाजलतो । बोधाची परडी घेतो ।
प्रेमाचा पाऊल मुढें टाकतो ।
अहंशंखासुर दैत्यबली घेतो ।
रणवाद्य भम् भम् भम् ।
दण् दण् दण् कड् कड् कड् ।
तोचि गोंधक अंबे तुजप्रती ।
बया दार उघड ॥
त्वां रणकुंड जबड़ा पसरिला ।
आहुती घेसीं दोनी दलां ।
रथ घोडे कुंजर तुला ।
नारकें बया अर्पिलीं ।
अंबे, तुझी न वर्ण वे थोरी ।
खेल खेलसी वैष्णवा माझारीं ।
पुंडलिक दिवटा महाभारीं ।
ओवाकिसी महामाया ॥

आदिमाया पर कूट पद

दरवाजा खोल, बाई, दरवाजा खोल॥
जागो जागो, शब्द गरजता है।
काम-क्रोध दैत्यों पर चाबुक बरस रहे हैं।
ज्ञान की मशाल जलाता हूं।
बोध की टोकनी उठाता हूं।
प्रेम का पानी आगे छिड़कता हूं।
अहं शंखासुर दैत्य की बलि लेता है।
रणवाद्य भम् भम् भम्।
दण् दण् कड् कड् कड्।
वही 'गोंधक' (पूजा) अंवा, तेरे लिए
दरवाजा खोल, बाई।
तुमने रणकुंड का जबड़ा फैलाया
दोनों दलों की आहुति लेती है
रथ, घोडे, हाथी सब
नारियल तुझे समर्पित हैं।
अंबे, तेरी क्या बखानूं महानता
खेल खेलती है वैष्णावों के बीच
पुंडलीक ने बड़ा दीवट जलाया है
महामाया की मैं आरती करता हूं॥

जागल्या

उठा कीं जी माय बाप
कशी लागली झोंप
हजुर जागुनिया मेवढी
चुकवा खेप ॥ध्रु०॥
तुमच्या नगरीची नाहीं चांदणुक बरी।
तुमच्या सेजेला दोन लोभिष्ट नारी।
त्यांच्या योगें दुःखें तुमच्या नगरांत भारी॥
जुन्या ठेवण्याचा तुम्ही पुर्जा काढा।
त्याच्या आधारें बोलेन घडघडा।
एका जनार्दनीं धरा बलकट मेढा।
चाकर हुजूर चा घेईन अवघा झाडा॥

जगाने वाला

उठो जी माई-बाप
कैसे लग गई नींद
हजूर जागकर मेरा
इतना बार-बार आना बन्द करो ॥ध्रु०॥
तुम्हारे नगर के हाल-चाल ठीक नहीं।
आपकी सेज पर दो लोभी नारियां हैं
उनकी वजह से तुम्हारे नगर में बडे दुख हैं॥
पुराने भंडार से तुम 'पुर्जा' निकालो
उसके आधार पर मैं कंठस्थ बोलूंगा।
एका जनार्दन का पक्का पकड़ो यह भेड़ा
मैं हुजूर का चाकर हूं, पूरी तलाशी लूंगा॥

गारुडी

सुनो संत सज्जन भाई।
हम तो निराकार के गारुडी आया है।
ये देखो खेल खेलते रास्ते में।
अलग दुनिया देखत हैं॥
अबे चल यहां हंडीबाग।
जरा प्रेम का ढोल बजाव।
लग लग लग लग॥
पहिले तो छै साप निकालूं मैदान में।
बड़े बड़े अजगर।
उसके नाम बता ऊं?
काम क्रोध मद मत्सर दंभ अहंकार
अ ब ब ब ब। अज्ञान की पेटी में भरे हैं।
निकालं संभाल के। डंक मारेगा।
ये हाथ डाला। डंक मारा ये डंक मारा।
हाय-हाय।
बड़ी-बड़ी वेदना होती है। अभी जान जाती है।
तुझकू क्या बता दूं।
अभी उतारने वाला कौन बुलाऊं।

सपेरा

सुनो संत सज्जन भाई।
हम तो निराकार के गारुडी आया है।
ये देखो खेल खेलते रास्ते में।
अलग दुनिया देखत हैं॥
अबे चल यहां हंडीबाग।
जरा प्रेम का ढोल बजाव।
लग लग लग लग॥
पहिले तो छौ सांप निकालूं मैदान में।
बड़े बड़े अजगर।
उसके नाम बता दूं?
काम, क्रोध, मद, मत्सर, दंभ, अहंकार।
अ ब ब ब व। अज्ञान की पेटी में भरे हैं
निकालूं संभाल के। डंक मारेगा।
ये हाथ डाला। डंक मारा, डंक मारा।
हाय-हाय।
बड़ी-बड़ी वेदना होती है। अभी जान जाती है।
तुझको क्या बता दूं।
अभी उतारने वाला कौन बुलाऊं।
सुनो-सुनो मेरे पास सद् गुरु का मोहरा है।

सुनो-सुनो मेरे पास सद्गुरु को मोहरा[1] है।
प्रेम की बनाऊं सान॥
बोध का बनाऊं पानी।
भक्ती के बैठूं दरबार में
अभी लगा दूं घस के
तो सबही जहर उतारूं।
ऐसा एका जनार्दनी खेल।
भक्ती पुरस्सर लगाया मेल॥

(1. मोहरा = जहर मोहरा, विष उतारने वाला पत्थर)

प्रेम की बनाऊं सान ॥
बोध का बना दूं पानी।
भक्ती के बैठूं दरबार में।
अभी लगा दूं घस के
तो सब ही जहर उतारूं।
ऐसा एका जनार्दनी खेल।
भक्ति पुरस्सर लगाया मेल ॥

हिंदुं-तुर्क संवाद

हिन्दुकु तुरुक कहे 'काफर'।
तो म्हणे 'विटाल होईल' परता सर

दोहीसीं लागली करकर।
विवाद थोर मांडिला॥

सुन रे बम्मन, मेरी बात
तेरा शास्तर सबकू फराद
खुदाकु कहते पांव हाथ
ऐसी जात नवाजे॥

ऐल् तुर्का परममूर्खा
सर्वांभूतीं देवो देखा।

हा सिद्ध सांडूनि आंवाका
शून्यवादका झालासीं॥

बाबा आदम माया हवा झाली।
ती म्हणतां तुम्ही सैतानें नेली॥

सीता रावणे चोरिली।
ते कां बोली उपहासा?

जकीं स्थलीं काष्ठीं पाषाणीं देव।
हा तुमने किताबाचा मुख्य भाव॥

हिंदू-तुर्क संवाद

हिन्दू को तुर्क 'काफिर' कहता है
वह कहता है 'छूत लगेगी' पीछे हट।

दोनों की शिकायत दोनों करें
बड़ा विवाद छिड़ गया॥

सुन रे बम्मन, मेरी बात।
तेरा शास्तर सबकु फराद (सब उसकी फरियाद करते हैं)

खुदा के कहते हाथ-पांव
ऐसी जात की तुम नवाजिश करते हो॥

सुनो तुर्क, परम मूर्ख
सबके भीतर देव है देखो

यह सिद्ध व्यापकता छोड़कर
शून्यवादी क्यों हुआ?

बाबा आदम माया हौआ हुई
वह कहती है तुम्हें शैतान ले गया॥

सीता रावण ने चुराई
वह क्यों उपहास से बोली?

जल, स्थल काष्ठ-पाषाण सब जगह देव है
यही तुम्हारी किताब का मुख्य भाव है॥

तुमने तुम्हासि ने लके पाहा वो।
पूर्ण अभाव तुर्काचा॥
खुदा माना पश्चिमेकडे।
मेर अवधें का वोस पड़े?
मौजूद म्हणा चहूंकडे।
हें हि धडफुडें तुम्हीं नेणा॥
पांच वख्त खुदाचे जाले
बाकी वख्त काय चोरीं गेलें?
तुमचे शास्त्र तुम्हीं भुलसें।
देवासी केले एकदेशीं॥
आम्हासि म्हणता पूजितां फत्तरें।
तुम्हो का मुडघाकर ठेविता चिरें?
दगडाचे पूजितां हाजिरे।
पीर खरे ते माना॥
हिन्दू करितां खुदा चुकला।
त्याहूनि थोर तुमच्या अकला॥
हिन्दुस मुसलमान केला
गुन्हा लाविला देवासी॥
ब्राह्मण म्हणे अहो जी स्वामी।
वस्तुतां एक तुम्ही आम्ही॥
विवाद वाढला नीतिधर्मों।
जातां परब्रम्हीं असेना॥
तुरुक कहे वो बात सही।
खुदाकू तो जात नहीं॥
बंदे खुदाकू नहीं जदाइ।
वो कहे रसुलिल्ला हजरत पादे॥

तुम्हारा तुम्हें ही नहीं समझ में आता है
पूर्ण अभाव है तुर्क का॥
खुदा माना पच्छिम की ओर
और शेष सब क्या सूना पड़ा है?
वह चहुं ओर मौजूद है
यही सब चलाता है, तुम नहीं जानते॥
पांच वक्त खुदा के हुए
बाकी वक्त क्या चोरी गये?
तुम्हारा शास्त्र, तुम ही भूल गये
देवता को बनाया एक देश का
हमें कहते हो पत्थर पूजते हो॥
तुमने मुर्दों पर क्यों बड़े पत्थर रखे हैं?
पत्थर के 'हाजरे' क्यों पूजते हो
उन्हें सच्चे पीर मानो कहते हो॥
हिन्दू के लिए खुदा भूल गया
उनसे बड़ी आपकी अक्लें हैं
हिन्दू को जब तुम मुसलमान बनाते हो
तो तुमने गुनाह ईश्वर पर डाल दिया
ब्राह्मण कहता है अजी स्वामी
वस्तुतः तुम और हम एक ही हैं
विवाद नीति धर्म ने बढ़ाया है
जाति तो परब्रह्म में होती ही नहीं॥
तुर्क कहें वह बात सही है
खुदा की तो जात नहीं।
बंदे खुदा से नहीं जुदा हैं
वह कहे 'रसूलिल्लाह'
हजरत पद कहां से आया?

आम्ही तुम्ही केला झगडा।
तो परमार्थाचा बोध उघडा॥
शब्दीं मीनला शब्दार्थ।
दोहीसीं वाणला परमार्थ॥
परमार्थ मनोरथ॥
जालें तृप्त दोहींसी॥

हमने-तुमने झगड़ा बढ़ाया है।
परमार्थ का बोध तो खुला यही है॥
शब्द में शब्द का अर्थ मिल गया।
दोनों ने परमार्थ की प्रशंसा की है॥
परमार्थ मनोरथ है।
दोनों ही तृप्त हुए॥

जोहार

जोहार मायबाप जोहार
मी विठू पाटलाचा महार।
हिशोव देतों ताबेदार।
लंकेचा कारभार कींजी मायबाप ॥1 ॥
आबाजी कडूनि येतो।
अर्धी भाकर मागून खातों ॥
सारी रात्र गोंवरापाशों जागतो।
फरमासी करतों कीजी मायबाप ॥2 ॥
पाटलाचा नांगर शेटयाची तागडी।
आईवाईची बांगडी।
आंत माझी पांचाची घडामोडी।
कारतों कीजी मायबाप ॥3 ॥
ब्रह्मानंदी केली जोहार।
एका जनार्दन बाजीचें उत्तर।
माप केसें खरोखर।
काय बोलिजे कींजी मायबाप ॥4 ॥

जोहार

जोहार माई-बाप, जोहार
मैं विठू पटेल का महार हूं।
हिसाब देता हूं, ताबेदार हूं
लंका का कारोबार है, माई-बाप ॥1 ॥
आबा जी की ओर से आता हूं
आधी रोटी मांगकर खाता हूं ॥
सारी रात चौकीदारी करता हूं, जागता हूं
फरमाइश पूरी करता हूं माई-बाप ॥2 ॥
पटेल का हाट, सेठ जी का तराजू
आई-बाई की चूड़ी
अंदर मेरी पांचों की उठा-पटक
करता हूं जी माई-बाप ॥3 ॥
ब्रह्मानन्द से जोहार किया
एका जनार्दन का बाजी का उत्तर है
नाव बराबर कर दिया
क्या बोलूं मैं माई-बाप ॥4 ॥

शंखीण-डंकीण

शंखिण बाबा डंखिण रे ॥ध्रु०॥
हार करुनि घरासि आणली
बसली वसारिच्या काठी रे।
घरची बाईल बाहेर निघाली
वसवसून लागे पाठी रे।
आठ भाकरी बारा पोलया
धिरडीं खादली सोला रे।
पाणी पिउन ढेकर दिधला
मराठी तिचा मोला रे ॥
बारा सोला लुगडीं नेसलीं
येईना पाणीं पोटीं रे।
नवां खणांची चोली शिवली।
उराति येईना गांठी रे ॥
एकाजनार्दनी म्हणे बाबा
ऐसी ब्राईल केली रे ॥
तिच्या भयानें प्रजाच सारी
पलून दूर गेसी रे ॥

शंखिनी-डंकिनी

शंखिनी बाबा डंकिनी है ॥ध्रु०॥
हार करके घर पर लाई
वह बैठी बरामदे के किनारे रे
घर की औरत बाहर निकाली
वह चिल्ला-चिल्लाकर पीछे पड़ गई रे
आठ ज्वार की रोटी, बारह गेहूं की,
चीलें खाये सोलह रे
पानी पीकर डकार दी
मराठी उसका ढंग रे
बारह-सोलह साड़ियां पहनीं
फिर भी पीठ-पेट ढंकते ही नहीं
नौ 'खने' की चोली सी दी
छाती से गांठ बंधती ही नहीं
एका जनार्दन का कहे बाबा
ऐसी औरत कैसे की रे
उसके भय से सारी प्रजा
भागकर दूर चली गई रे ॥

सद्गुरु-वसंत ऋतु

(भागवत, 12 अध्याय, ओवी 1 से 16)

ऊं नमो सद्गुरु वसंत।
ऐक्यकालीं तुझा ऋतु।
तया ऋतु कालींचा मारुतु।
ज्ञानवनांतु जैं रिघे॥
तैं अविद्येचीं जुनी पानें।
गल्नी जातीं तत्क्षणें॥
नवपल्लवीं विराजमाने।
विरक्तपणें अनुरक्त॥
अत्यन्त वैराग्याची हांच।
खांकर जाले वृक्षसर्व॥
त्यांसीं निघाले नव पल्लव।
अति लवलव कोंवलिकें॥
जाहल्या वसंताचें रिगबणे।
वृक्ष आडवे फुटले तेणें॥
सोहं भावाची सुमनें।
तेणे गुणें विकसलीं॥
कृष्ण सारुप्यें कृष्ण भ्रमर।
तेथें झेंपावले अतिसत्त्वर॥

सद्गुरु–वसंत ऋतु

ॐ नमो सद्गुरु-वसंत
ऐक्य के समय तेरा ऋतु

उस ऋतुकाल का मारुत
ज्ञानवन से चलता है॥

वे सब पुराने पन्ने हैं
वे तत्क्षण झर जाते हैं॥

नवपल्लव में विराजमान हैं
विरक्तता में अनुरक्त है॥

अत्यन्त वैराग्य की इच्छा है
सब वृक्ष ठूंठ हो गए हैं

उनमें अब पल्लव फूटे हैं
अत्यन्त सुकोमल और नरम

वसंत के आगमन के होते ही
वृक्ष आडें भी फूट उठे

'सोहं' भाव के सुमन
उनके गुण से विकसित हुए॥

कृष्ण सारूप्य से कृष्ण भ्रमर
वहां सत्त्वर गुंजित हुए॥

आमोद सेविती अरूवार।
कैसेनि केसर कुचंवें॥
सद्भावाच्या आमोद धारा॥
सेवितां सुख जाले भ्रमरां॥
लागला अनुहताचा ध्वनी।
रुणझुणती दहालक्षणीं॥
त्याहीं नादातें प्राशुनी।
नि:शब्दपणीं निर्वात॥
तेथे मोक्षसुखाचे घउ।
डोलतां दिसे अतिगोड।
तेणे जिवाचे पुरत कोड।
करिती घुमाड सोहं शब्दें॥

मुमुछुमयूर अतिप्रीतीं
पिच्छें पसरूनी नाचती॥
येऊनि वसंतवनाप्रती।
हाहो फोडिती गुरुनामें॥
भक्ति सरोवरीं निर्मल पाणी।
विकासल्या नवविध कमकिणी।
भक्त सुस्नात तियें स्थानीं।
निमज्जनीं निश्चल॥
वसंतें उल्हास तरुवरां।
उलोनि लागल्या स्वानंद धारा।
पारंब्या मदूनियां धरा।
धराधरा विगुंतल्या॥
ऐसा सद्गुरु वसंतरावो।
निज भक्तवना दे उत्सवो॥

वे आमोद से पराग और
केसर का सेवन कर रहे हैं॥
सद्भाव की आमोद धारा
सेवन करके भ्रमरों को सुख हुआ।
अनहद का ध्वनि लगा
दशलक्षण रुनझुन करते हैं॥
उस नाद का प्राशन करके
निःशब्द एकांत में
वहां मोक्ष सुख के गुच्छे
डोलने लगे बहुत मीठे
उनसे जी पूरी तरह तृप्त हुआ
'सोहं' शब्द गूंजने लगा
मुमुक्षु मयूर अति प्रीति से
अपने पंख फैलाकर नाचते हैं
वसंत वन के पास आकर
गुरुनाम से पुकारते हैं॥
भक्ति सरोवर में निर्मल पानी है
जिससे नव विध कमलिनियां विकसित हुईं
भक्त उस स्थल पर सु-स्नात हुआ
निमजिज्त होकर निश्चल बना
वसंत से तरुवरों को उल्लास मिला
स्वानंद धाराएं फूटने लगीं।
वृक्ष की जटाएं धरती को भेद कर
धराधर में गुंथ गईं॥
ऐसा सद्गुरु वसंत राजा
निज भक्त वन में उत्सव दे गया॥

अभेद भक्ति

(भागवत अध्याय 29, ओवी 345 से 400)

आपुला देह धालोनि पुढे।
जे जे द्दष्टी आतुडे।

तेथ भगवद्भावे ठसा पडे।
वाडे कोडे निश्चित॥

काया वाचा आणि चित्तें।
सर्वाभूतीं भजले मातें।

त्यासीं भगवद्रूप सर्वभूतें।
सुनिश्चित तें ठसावती।
जेंवि गरुडाचे झडपे तली
होती सर्वाच्या चिरफाली॥

तेवि ये भक्ति जनली।
विघ्नांची होली स्वयें होये॥

जेथ जेथ जाय साधकाचे मन।
तेथ तेथ ब्रह्म परिपूर्ण।
मग रिद्यावया तेथून।
रितें स्थान असे ना॥

अभेद भक्ति

अपनी देह आगे डालकर
जो-जो दृष्टि पथ में आता है
वहां भगवद् भाव की छाप पड़ती है
खूब प्रेम से निश्चित॥
काया वाचा और चित्त से
सर्वभूतों में मेरा भजन किया
उसे भगवत् रूप सब भूत जात लगते हैं
सुनिश्चित यही छाप मन में बैठी है
जिस तरह से गरुड की चपेट में आकर
सांप के टुकड़े-टुकड़े हो जाते हैं
उसी तरह से भक्ति पास आने पर
विघ्नों की होली स्वयं होती है
जहां-जहां साधक का मन जाता है
वहां-वहां ब्रह्म परिपूर्ण है
फिर वहां से निकलने के लिए
कोई रिक्त स्थान होता ही नहीं

गगन पडो पाहे कडाडें।
पृथ्वी उलथावया गडगडे।
ऐसे मांडलियाहि सांकडे।
नाम पढे श्रीहरीचे ॥

गगन गिर पड़े या कड़ककर (बिजली) देखे
पृथ्वी उलट-पुलट करने की गड़गड़ाहट हो
ऐसे संकट चारों ओर से आ जाएं
नाम श्री हरि का भजिये, बस॥

भावार्थ रामायण से

(युद्धकांड अध्याय 25, ओवी 77 से 84)
(कुंभकर्ण के डर से बन्दर इधर-उधर भागने लगे तब उन्हें धीरज देते हुए अंगद कहते हैं—)

रणीं मारूं दशानन।
श्रीरामा पासीं बोलां गर्जोन।
ते तुम्हीं न करितां रण।
कैवि पलोनि जातसां।

पलोनी जाता गांवासी॥
स्त्रियां निःभर्त्सती तुम्हांसी।
पाठी दिधली संग्रामासी।
श्याम मुखेसीं आलेतां॥

स्त्रिया म्हणती कालतोंडे।
पलोनि आली माकडें।
मरणाहूनिया गाढें।
दुःख रोकडें पावाल॥

जलो तुमचें काले वदन।
नपुंसकाहूनि दीन-हीन।
रणीं सांडोनि रघुनंदन।
कैंवि पलोनि आलेती॥

भावार्थ रामायण से

(कुंभकर्ण के डर से सब बंदर इधर-उधर भागने लगे।
तब उन्हें धीरज देते हुए अंगद कहते हैं—)

रण में दशानन को मारो
श्रीराम के पास गरजकर कहो

तुम अब लड़ाई न करके
कैसे भागकर जा रहे हो?

भागकर अपने गांव जाओगे

तो स्त्रियां तुम्हारी भर्त्सना करेंगी
आपने संग्राम को पीठ दी
काला मुंह लेकर आये हो
स्त्रियां कलमुंहा कहेंगी

कहेंगी ये बंदर भागकर आये
आग से भी गहरा
दुख इस तरह से पाओगे।

तुम्हारा काला मुंह जल जाये
वह नपुंसक से भी दीन-हीन है

रण में रघुनंदन को छोड़कर
कैसे भागकर आये हो?

धरोनि देह लोभाचा स्वार्थ।
रथीं सांडितां रघुनाथ।
पदोपदीं नरकपात।
आकल्पांत पावाल॥

देह लोभ का स्वार्थ पकड़कर
रण में जब रघुनाथ छोड़ दोगे
पद पद पर नरक-पात

कल्पांतर तक पाओगे॥

चिरंजीव पद

(भागवत अध्याय 23, ओवी 305-315)

नैराश्य पुरुष देखुनी।
त्याची स्तुति करतिजनीं।
एक सन्मानें करुनी।
पूजे लागूनि पैं नेती॥

तव त्याचे वैराग्य कोमल कंटक।
नेट न धरी निष्टंक।
देखोनि मानस्तुति अलौकिक।
भुलला देख पैं तेथें॥

जनस्तुति लागे मधुर।
म्हणती हा हरिचा अवतार।
आम्हालागीं जाहला स्थिर।
धरीं अपार शब्दगोडी॥

हा पांच विषयामाझीं प्रथम।
शब्द-विषय उपक्रम।
मग स्पर्श विषय संभ्रम।
झोंबे परम त्यां कैसा॥

नाना मृदु आसनें घालिती।
विचित्र पर्यंक निद्रेप्रती।

चिरंजीव पद

नैराश्य पुरुष देखकर
उसकी जन-जन स्तुति करते हैं
एक सम्मान करके
पूजा के लिए ले जाते हैं॥

तब उसके वैराग्य कोमल कंटक
वहां बिल्कुल नहीं टिकते
देखकर मान-स्तुति अलौकिक
वह वहीं भूल जाता है॥

जनस्तुति मधुर लगती है
कहते हैं यह हरि का अवतार है
हमारे लिए स्थिर हुआ है
अपार शब्द मधुरता उसमें है॥

यह पांच विषयों में प्रथम है
शब्द विषय उपक्रम है
फिर स्पर्श विषय संभ्रम
उस परम को कैसे छू सकता है?

नाना मृदु आसन बिछाते हैं
विचित्र पर्यंक निद्रा के लिए देते हैं

नर नारी अंगशुश्रूषा करिती।
तेणें धरी प्रीति स्पर्शाची॥
रूप विषय कैसा गोंवी।
वस्त्रें भूषणें देतीं बरवीं।
तेणें सौंदर्य करी जीवी।
देह भावें श्लाघ्यता॥
रूप विषय ऐसा जड़ला।
मग रसविषय कैसा झोंबला।
जें जें आवडे तें तें तमाला।
गोड गोड अर्पिती॥
आवडे सुमन चन्दन।
बुका केशर विलेपन।
ऐसे पांच ही विषय संपूर्ण।
जडले जाण सन्मानें॥
म्हणाल जो विवेकी आहे।
त्यासी जनमान करील काये।
हें बोलणें मूर्खांचें पाहे।
तया चाउ आहे मानाची॥

नर-नारी देह दबाते, अंग सुश्रूषा करते हैं
उससे स्पर्श की प्रीति बढ़ती है
रूप विषय कैसा गूंथे
बाह्य भूषण सुन्दर देते हैं
उससे जीव और सुन्दर होता है
देह भाव में प्रशंसा बढ़ती है॥
रूप-विषय ऐसा जुड़ा
फिर रस विषय कैसे भिड़ा
जो-जो उसे अच्छा लगता है
वही मीठा-मीठा अर्पित करते हैं॥
सुमन, चंदन अच्छा लगे
अगुरु, केशर विलेपन
ऐसे पांचों विषय संपूर्ण
जानो, सम्मान से जड़ गये हैं
कहोगे जो विवेकी है
उसे जनभाव क्या करेगा
यह बोलना मूर्ख का है
उसे मान की भूख है॥

○○